É PRIMAVERA!

POESIA EM QUATRO ESTAÇÕES

Copyright © 2023 por Lura Editorial.
Todos os direitos reservados.

Gerente Editorial
Roger Conovalov

Preparação
Aline Assone Conovalov e Stéfano Stella

Diagramação
Manoela Dourado

Capa
Rafael Nobre

Revisão
Gabriela Peres

Todos os direitos reservados. Impresso no Brasil.

Nenhuma parte deste livro pode ser utilizada, reproduzida ou armazenada em qualquer forma ou meio, seja mecânico ou eletrônico, fotocópia, gravação etc., sem a permissão por escrito da editora.

Dados Internacionais de Catalogação na Publicação (CIP)
(Câmara Brasileira do Livro, SP, Brasil)

Poesia em quatro estações : É primavera! / organização Lura Editorial. -- 1. ed. -- São Caetano do Sul, SP : Lura Editorial, 2023.
192 p.

Vários autores
ISBN 978-65-5478-061-2

1. Antologia   2. Poesia   I. Editorial, Lura.

CDD: B869.6

Índice para catálogo sistemático
I. Poesia : Coletânea

Janaina Ramos – Bibliotecária – CRB-8/9166

[2023]
Lura Editorial
Rua Manoel Coelho, 500, sala 710, Centro
09510-111 - São Paulo - SP - Brasil
www.luraeditorial.com.br

APRESENTAÇÃO

Seja bem-vindo(a) a um mundo onde as palavras desabrocham como as flores delicadas da primavera em um jardim de emoções singulares.

É primavera compõe um dos quatro títulos desta nova coleção da Lura Editorial: Poesia em Quatro Estações. Neste livro de poemas, composto por dezenas de autores de todas as regiões do Brasil, lançamos um olhar plural sobre a estação do resplandecer e renovação da natureza, composto por versos que buscam não apenas exaltar o tempo mais florido do ano, mas também transcender a obviedade e alcançar as almas humanas.

Assim como a primavera molda o cenário da estação com suas cores, os textos revelam, com sensibilidade ímpar, a complexidade de sentimentos que evocam em nossos corações: a melancolia sutil do perfume das flores, a inquietude das borboletas que dançam com o vento e o sussurro musical dos pássaros que rompe o silêncio da manhã.

Esperamos que você encontre nas páginas deste livro a celebração da vida, o calor das palavras e os devaneios da nossa existência.

É Primavera traz um convite à contemplação poética, uma pausa para refletir sobre a beleza única que habita cada momento da vida, em versos singulares, como um eterno florescer.

Boa leitura!

Roger Conovalov
Editor da Lura Editorial

SUMÁRIO

CIRANDANDO AMOR
Lafrança 17

PRIMAVERA
Adriana Ferreira da Silva 18

PRIMAVERA DE ALMAS
Adriana Ranzani 20

FLOR
Alessandra Melo 21

ESTAÇÃO DAS CORES
Alba Mirindiba Bomfim Palmeira 22

AMANHECENDO NA PRIMAVERA
Alessandra Pimentel 24

BOUGAINVILLEA SPECTABILIS
Álvaro Smont 25

NÃO TOQUE NAS FLORES
Alexandre Kreft 26

PALAVRAS E AROMAS
Amanda Maria 28

FLORESCER
Ana Cristina Acorsi 29

PRIMAVERA – O FLORESCER DA VIDA
Ana Cordeiro 30

SINTA AS LAVANDAS!
Eliane Reis 31

CEREJAS-DAS-ANTILHAS
Anie Carvalho 32

RIMAS NA PRIMAVERA
Ana Nunes de Oliveira 34

PRIMAVERA 80
Andrea Frossard 35

FLORESCENDO
Andreina Nunes 36

O CANTO DA BRUXA
Andrezza Regly Carvalheiro 37

SER
Anildes Frazão Ribeiro 38

AMOR
Anildes Frazão Ribeiro 39

CAMINHOS DO MEU BEM
Antonio Moraes 40

LUZES DO DESEJO
D'Araújo 41

AS DIFERENTES ESTAÇÕES DE CADA SER
Ariely Hunger 42

O SEGREDO DO BEIJA-FLOR
Jairo Sousa 43

JARDIM PRIMAVERIL
Barbara Nunes... 44

PRIMAVERA CHEGANDO
Bernardete Lurdes Krindges 45

PRIMAVERA
Bianca Russo 46

ESTAÇÃO
Caio Araújo 47

SONETO DE PRIMAVERA
Caíque Amorim 48

ELA, A PRIMAVERA
Camila Pignonato 49

HÁ PRIMAVERA?
Caren S. Borges 50

PRIMAVERA SUSPENSA
Caren S. Borges 51

FLORES DA PRIMAVERA I
Clarice Borges/Ana Letícia Borges/Carolina Borges..............52

É RELATIVO
Carol Sperandio 53

DOIS CORAÇÕES
Celso Custódio 54

IMAGENS DE PRIMAVERA
Chayane Fernandes Pinheiro 55

EU, GIRASSOL!
Cintia Maciel 56

PRIMAVERA DA VIDA!
Clara Elaine Sousa da Silva 58

SEU FLORESCER
Chayane Fernandes Pinheiro 60

SOU PRIMAVERA!
Cintia Maciel 61

CHEGOU A PRIMAVERA
Claudia Nolasco Diniz 62

FLORES AQUI, ALI E ACOLÁ
Claudia Nolasco Diniz..63

RAMALHETE
Cleobery Braga 64

SONETO DAS FLORES
Cleobery Braga 65

SONETO DE PRIMAVERA
Cristiano Casagrande 66

BRISA AMENA
C.Oliveira.LR 67

FLOR DE JASMIM
Déa Canazza 68

PARA SEMPRE PRIMAVERA
Daniel Breitenbach..70

BENEFÍCIO
Dirceu Luiz Simon 71

FLORESCER
Rafaela Freitas 72

REGRESSO
Eliane Reis 73

SAUDADES DA PRIMAVERA
A Gaivota 74

A ESSÊNCIA DAS FLORES
Erika Fiuza 76

UMA NOVA ESTAÇÃO
Estella Gaspar 77

MINHA DOCE PRIMAVERA
Eva Soares 78

ESTAÇÕES EM NÓS
Evelissa Mendes 80

FLORESCER
Matsu 81

NANA / SAUDADES / TULIPAS / MANHÃ DE PRIMAVERA
Matsu 82

CHEGADA
Sílvia Cristina Lalli 83

SONETO DA FLORESCÊNCIA
Farley Soares Cantidio 84

SABER SER TUA
Fatony Ribeiro 86

HAICAIS DE PRIMAVERA
Fernanda Diniz 87

BAÍA DE GUAJARÁ
Flavia Gualtieri de Carvalho 88

FLORADA
Flavia Gualtieri de Carvalho 89

ELA
Francelmo Farias 90

A PRIMAVERA NO SERTÃO
Francisco de Assis 91

O FLORESCER DO AMANHÃ
Geovanna Ferreira 92

FLORESCER O AMOR
Gabriel Vital 94

PRONTA OU NÃO, É HORA
Gersika Garrido 95

CARTA PARA PRIMAVERA
Bel Wells 96

COMO?
Gisele dos Santos Lemos 97

FLORES DE MINAS
Gisele dos Santos Lemos 98

MEIO INÍCIO
Gisele dos Santos Lemos 99

QUATRO ESTAÇÕES
Gisele dos Santos Lemos 100

PRIMA-VERA
Gisele dos Santos Lemos 102

MARGARIDA
Gisele Moreira 103

CICLOS
Kytzia 104

UM TEMPO NO JARDIM
Hilda Chiquetti Baumann 106

TEMPO DE DESABROCHAR
Ivane Milhomem 107

AMOREIRA
Isabela Mendeleh 108

PRIMAVERA INESQUECÍVEL DE UMA INFÂNCIA DISTANTE
Cutrim, J. G. 110

BORBOLETAS
João de Deus Souto Filho 112

É SEMPRE PRIMAVERA!
Jocifran Ramos Martins 113

SOBRE VOCÊ
Jônatas Rosa 114

BELA E FÉRTIL
José Romilso da Silva 115

PALETA DE PRIMAVERA
Ronaldson (SE) 116

BELA FLOR
Jucelino Gabriel da Cruz 118

CASA DO SOL
Larissa de Almeida Corrêa 119

ALUNO SOL, PROFESSORA GIRASSOL
Professora Liliane Oliveira e a turma do 2º ano A 2022
da Escola Municipal Onélia de Oliveira 120

DO ETERNO
Luciana Éboli 121

PRIMAVERA CHEGOU!
Luciane Aparecida Varela 122

TEMPO DE PRIMAVERA
Magno Aragão 123

CANTO PARA A CHEGADA DA PRIMAVERA
Luísa Pereira Viana 124

PRIMAVERA
Marcos Barreto 126

CANÁRIO
Maria Clara Tavares 127

SOU A MINHA PRÓPRIA PRIMAVERA
Suiany Tavares 128

PRIMAVERA
Malu Veloso 130

RELVA A RECOMEÇAR NA PRIMAVERA
Marisa Relva 131

AS CORES DO MEU JARDIM
Marli Beraldi 132

REFÚGIO
Martha Cardoso Ferreira.. 134

PURA MAGIA
Martha Cimiterra 136

A MAGIA DAS FLORES
Mary Anne P. G. 137

FLORES
Mary Anne P. G. 138

AS QUATRO ESTAÇÕES
Mauro Felippe 139

VESTIDA DE SOL
Mayra Faro 140

HAICAIS
Michele Pacheco 141

IPÊS
Miguel de Souza 142

OBRA-PRIMA
Moacir Angelino 143

CIDADE DOS IPÊS
Cirinha 144

O JARDIM
Cirinha 145

ROMARIA NO CHÃO DE PRIMAVERA
Nádia Calegari 146

A BELEZA DO FLORIR
Mylene Kariny 148

CORES DE PRIMAVERA
Natália Luna 149

QUEM ME DERA!
Neusa Amaral 150

POÉTICA DA PRIMAVERA
Nelson Castro 152

VENHA LOGO
Rafael Moreira 153

MINHAS PLANTAS PREFERIDAS
Rayane Christiny 154

PRIMAVERA DE NÓS
Rony Santos 155

PALETA DE FLORES
Regina Ferreira Caldeira 156

FLOR DE PESSEGUEIRO
Rafaéla Milani Cella 158

ESTAÇÕES
Rosinha Lima 159

A MAIS BELA DAS ESTAÇÕES
Rosa Rodrigues 160

PAIXÃO DE ESTAÇÃO
Rosimeire Peixoto 161

PRIMAVERA
Rossidê Rodrigues Machado 162

SENTIDOS
Rubiane Guerra 163

TEMPO PRIMAVERIL
Rubiane Guerra 164

INVERNO
Sallete Azevêdo 165

PANORAMA DA PRIMAVERA
Samuel de Souza 166

AMOR À MATA
Sandra Guimarães 167

FOTOGRAFIAS
Sarah Helena 168

AMOR EM FLOR
Shahar Grinblat 169

TEMPOS EM FLOR
Sonia Szarin 170

CHUVOSAS
Sophya Amorim 171

INSPIRA POESIA!
Tatiana Santiago de Lima 172

BUGANVÍLIA CINZA
Iza Saito 174

OLHOS DE PRIMAVERA
  Thiego Milério 176

MARGARIDA
  Udi 178

SEGREDOS DA PRIMAVERA
  Valéria Nancí de Macêdo Santana 180

SEMENTES DA EDUCAÇÃO
  Savana 182

HAICAIS PARA A PRIMAVERA
  Túlio Velho Barreto 183

ATRÁS DA PORTA, DA PRISÃO, DAS GRADES
  Vanderléa Cardoso 184

A SAGRAÇÃO DA PRIMAVERA
  V. S. Teodoro 185

QUANDO REINA A PRIMAVERA
  V. S. Teodoro 186

TEMPUS HIBERNUS
  Viviane Viana 187

ASSIM, CHEGA A PRIMAVERA
  Yara Nolasco 188

ACRÓSTICO DO CAMINHO EM FLOR
  Elianes Klein 189

CIRANDANDO AMOR
Lafrança

Na sombra do cajueiro
Eu vou cirandar
Voar com meu beija-flor
Sob o céu, sobre o mar

Na sombra do cajueiro
Eu vou cirandar
Cirandando o amor
Giro o solo potiguar

Meu olhar navegador
Não tem pressa pra voltar
Sol poente no horizonte
No infinito, brilha o luar

PRIMAVERA
Adriana Ferreira da Silva

Se a primavera é a estação das flores,
Primavera é a estação do amor.
Momento tão florescente,
Transborda de energia, alegria, amor.

Traz em si sentimentos,
Beleza e harmonia sem comparação.
O sobrenatural agindo, interagindo, oportunizando
O amor na sua mais pura expressão.

A natureza perfeita
Sensibiliza com cor,
Cores variadas decoram, têm cheiro e vida.
Muitas conquistam pelo sabor e até mesmo pelo odor.

Na primavera tem-se de tudo.
Plantas enfeitam, florescem, amenizam o presente e o futuro.
Ar puro, clima bom, um pouco de tudo.
Viva a primavera! O espetáculo natural do mundo.

Primavera é o símbolo vivo do amor.
Seja amoroso com a natureza,
Viva a primavera com amor.
Sua vida, com o sentimento vivo de amor!

A primavera chegou!
Viva a primavera!
Viva! Viva o amor!
Se tem amor vivo, a primavera realmente chegou.

PRIMAVERA DE ALMAS
Adriana Ranzani

Quando penso em você
Há primavera em meu coração
Num movimento singular
Que só pertence a você.

As flores das nossas vidas
Carregam marcas de encantos
Encontros e reencontros
De almas bem vividas.

Em cada pétala uma experiência
Em cada espinho uma dor
Ligados em pura sinestesia.

Eu e você em quimera
Lírios e cactos em delírio
E o nosso amor na primavera.

FLOR
Alessandra Melo

Flor de mato,

Mato verde e vistoso que cresceu na calçada ao vento

O mesmo vento que embaraçava cabelos e roupas estendidas balançava

Um dia fez sol e a florzinha com calor ficou

Um dia choveu e a florzinha percebeu como era boa a chuva

E um dia ventou e ela se desfez em muitos lugares, dando origem a várias florzinhas assim como ela

E então ela entendeu como as coisas pequenas são importantes

ESTAÇÃO DAS CORES
Alba Mirindiba Bomfim Palmeira

Deus Criador, inspirado,
Brindou-nos com lindas flores.
Tomando sua aquarela,
Pintou-as de todas as cores.

Depois do inverno,
Eis que surge majestosamente.
Exuberante e colorida,
A primavera é de Deus um presente.

Vem carregada de flores:
Rosas, cravos, azaleias,
Astromélias, tulipas,
Antúrios e catileias.

Temperaturas mais amenas;
Seus dias mais longos são;
As noites, mais curtas.
Precede o verão.

E o mais lindo é que
Toda a terra é agraciada.
Promove o seu reflorestamento
E a torna embelezada.

Primavera, primavera,
Enlevas os corações.
És, por certo, a mais bela,
Dentre todas as estações.

AMANHECENDO NA PRIMAVERA
Alessandra Pimentel

Ei-la, pela manhã, leve e suave.
Como a brisa do mar
A invadir todos os sentidos emanando
O aroma das flores
Borboletas multicores parecem
Flores de muitas cores
Tem de todos os tipos
Das mais belas às mais raras
Felicidade em estar presente
Nessa natureza que nos envolve calorosamente
Raios de sol douram a Terra dando vida:
À PRIMAVERA

BOUGAINVILLEA SPECTABILIS
Álvaro Smont

A temperatura se eleva,
a radiação perfura
a superfície de húmus,
adormecida pela nébula.

Não há cristais.
A transição começou.
Partículas aquecidas
trazem o renascer

de um ciclo floril.
O voo dos colibris
atraídos pelos policromos
deslumbrados a cada viagem.

Entre pomares e jardins,
o espetáculo desabrochado.
Buganvílias espetaculares:
Estação Primo *Vere*.

NÃO TOQUE NAS FLORES
Alexandre Kreft

"Não toque nas flores", dizia a placa
Pode ser que as flores
Não queiram mesmo ser tocadas,
Mas não falem por elas.
Até mesmo porque não sabem ler,
As abelhas apaixonadas

Será que tudo é proibido?
Será que não há um certo exagero?
Hoje proíbem o toque. Amanhã proíbem o cheiro
A placa proíbe o toque
Mas não impede que essas flores
Exalem seus perfumes e enalteçam suas cores

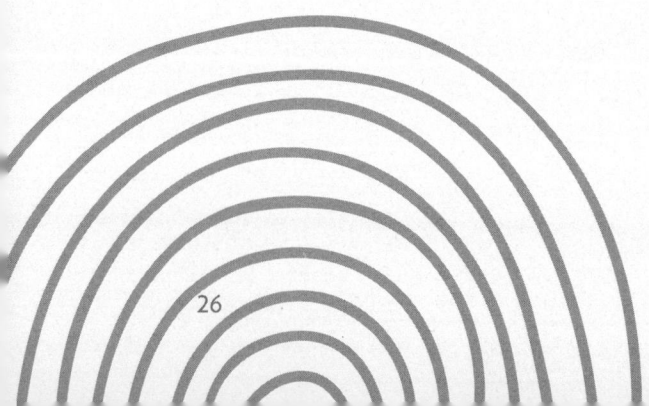

É assim que as flores
Saltam os muros e derrubam as grades
Multiplicam-se nos jardins sem fazer alarde
Amenizam suas dores
E inspiram muito mais amores

Nessa cidade planejada
Já temos placas demais
Dou um toque para quem fincou o aviso:
Sem amor as flores murcham
Nem é problema viver sozinho
Mas troque a placa de "proibido o toque"
Por outra dizendo: "toque com carinho"

PALAVRAS E AROMAS
Amanda Maria

Notas que a magia das palavras
Tem a mesma fórmula do perfume,
Que o aroma inconfundível da essência
Que exala e toca o outro desperta nele
Um universo inteiro de sensações indescritíveis.

Para mim, palavras e aromas
Têm a mais poderosa magia,
Que apenas em um segundo,
Em uma linha e em um exalar
Conseguem tocar o nosso âmago,

Fazendo assim a nossa vida inteira
Mudar a rota, mudar o ritmo e sem
Fazer qualquer esforço muda os
Destinos em um frenesi perfeito.

Os aromas e as palavras
Não chegam ao acaso
Em nossas vidas, então
Se deixe sentir.

FLORESCER
Ana Cristina Acorsi

Primavera é a estação que nos ensina a arte da transformação.

A semente que se torna flor,

A flor que desabrocha e embeleza a vida com suas nuances de leveza e de sensibilidade.

Cores que despertam em nós uma diversidade de sensações: beleza, tranquilidade, bondade e esperança.

Primaverar-se é se permitir recomeços.

Por mais dolorosos que sejam os espinhos que nos desafiam, a metamorfose acontece silenciosamente,

A formosura da flor desponta e permanece, por sua fragrância e por sua simplicidade.

Primaverar-se é estar disposto a renascer das cinzas das expectativas frustradas e se permitir alçar novos voos ao horizonte que se apresenta a cada amanhecer.

Que a primavera possa desabrochar em nós, trazendo à tona o que cada um tem de mais humano e sagrado no âmago do seu ser.

Que a paz, a beleza e o reencontro com nossa essência sejam promotores de mudanças para ações mais ternas e plenas.

Primaverando-se, podemos transformar a nós mesmos e contribuir para o desabrochar de novas possibilidades,

para relacionamentos mais verdadeiros e profundos, que tenham a gentileza e a ternura como norteadores de um caminho repleto de beleza, de significado e de um senso de pertencimento.

Primaverando-se, somos capazes de transformar o mundo com a sensibilidade do amor que floresce em nossa alma e em nosso coração!

PRIMAVERA – O FLORESCER DA VIDA
Ana Cordeiro

Quando sentimos a alma leve
O coração suave
Os sentimentos à flor da pele
É sinal de que a primavera
Outra vez floresceu em nosso ser
Lembrando que sempre podemos renascer

Quando podemos
Ver além do horizonte
Independentemente do tempo
Ou mesmo do espaço
Podemos dizer:
Outra vez é primavera

E magicamente tudo se transforma
Dentro de nós mesmos
E na natureza ao nosso redor
Numa aquarela natural e singela pintada por ela:
A nossa tão aguardada primavera

Quisera eu
Prendê-la para sempre em minhas mãos
Para poder estar sempre em sintonia
Com mil e uma fragrâncias
Se multiplicando em cores e mutações
Porque outra vez é Primavera!

SINTA AS LAVANDAS!
Eliane Reis

Suntuosas sobre um caule fino
Espreguiçadas sob um sol pleno
Colorem, encantam e embriagam narinas,
Olhos, mãos e alma: tudo impregnado.
Versificam flores sobre a terra árida,
Uma oração enigmática e universal.

Toque-as! Sinta o perfume
Que chega com a brisa,
Que chega com o sol,
Que chega com os olhos.
Sinta-as! Antes que o tempo as consuma,
Antes que o ar que respira, cativo,
Fique estagnado à tua acidez rotineira.

Olhe-as!
Beije-as em silêncio!
Elas nascem no inóspito
Entre um verso e outro e encantam,
Dançam diante do infinito interminável
Com o vento personificado e atrevido.

Ouça-as! Há em suas minúcias grandes
Um ritmo de encantamento e sutilezas,
Em cada vão momento um lirismo lilás,
Uma prece em pétala de cor.
Uma ode ao amor. Sinta as lavandas!

CEREJAS-DAS-ANTILHAS
Anie Carvalho

Pedi-lhe noutra vida
Deixe meus pés livres
Terás meu coração
Quando nos reencontramos fitou-os
Emocionado
Eram cerejas-das-antilhas
Pequenas frutas para pássaro comer
Na primavera
Marcas do caminhar
A terra era calcante
Tu não se demoraste
Ofertou-me uma almofada, tuas mãos
Curioso
Investigou minhas andanças
Com o dorso da tua língua
Em busca do poético fruto
Gosto de acerola agridoce

Uma fáscia que sorria
Flutuava
Não mais subira no tamborete
Duro
Tua boca terna e macia
Abrandou meu caminhar
As cicatrizes de outrora
Reminiscência
Se esticam agora os pés
É verdade
Para teu deleite
Curvam-se
Apenas para teus olhos em festa
Nesta vida nada de pedidos
Para ti
Dou-me inteira

RIMAS NA PRIMAVERA
Ana Nunes de Oliveira

A manhã é de primavera,
estação que a gente espera.
São pétalas e muitas flores
esbanjando aos amores.

Vai para longe de tudo
e logo volta por aqui.
Vai buscar a inspiração
e trazer o melhor de si.

Vem chegando escancarada,
no estilo amarelada.
Vem com tudo e mais um pouco.
Estilosa, meio louco.

O sol tem um brilho medonho
nos trazendo grandes sonhos.
É primavera! E é essa estação
que me traz inspiração.

Dizem que é aroma de hortelã
e traz bom dia toda manhã.
Com chuvas e ventanias
tem frescor ao clarear o dia.

PRIMAVERA 80
Andrea Frossard

Anos 80
Disco dance
As saias de seda esvoaçantes
Criatividade
A fumaça dos cigarros poluindo o ambiente
As rugas que chegaram
Os discos que foram substituídos
Os amores perdidos
O chiclete Ploc da boca à lixeira
Onde eu guardei as minhas meias soquete?

FLORESCENDO
Andreina Nunes

Depois da inquietude e ansiedade
A busca da realização do sonho
Transmitir as mais belas imagens
Projetadas no radioso amanhecer
Após um acinzentado tempo
Necessitando de um porto seguro
Para saborear as intensas emoções
Revigorando a alma tristonha
Para poder sorrir com calma
Cessando aquela louca euforia
Sorrindo pela vida lá fora
Sendo botão que desabrochou
As pétalas acariciadas, beija-flor
Intensamente belo, alimentado
Livre, nutrido pelo néctar
Rejuvenescido no bailar
Com as borboletas coloridas
No florescer da vida, natureza
Compõe-se de inúmeras flores
E a terra assim toque de leveza
Na mais perfeita claridade
Tão sonhada pela humanidade

O CANTO DA BRUXA
Andrezza Regly Carvalheiro

E a roda da vida girou e
É setembro outra vez
Órion do céu enfeita minha janela
As folhagens espalhadas pela casa sorriem ao som de uma melodia
                                          Hipnotizante.

A brisa leve, o cheiro de terra molhada...
Eternos botões florescem, tudo fica mais colorido!
Da sacada da sala a montanha me sorri
O perfume do sol aquece meu coração
A Bruxa a secar seu vestido no corpo
Arruma seu cabelo em tranças: flores na cabeça
No jardim, pés descalços que se aterram para curar
                                        as emoções.

A roda da vida girou
É setembro outra vez
E tudo parece uma linda, porém breve, canção...

SER
Anildes Frazão Ribeiro

Na primavera em meus olhos
Há dores, amores
Dissabores e pendores

Cantos e encantos
Flores e cores

O que vejo é o que sou?
O que sou é o que cessou?

Manifesta em meu coração
O desejo
que não precisa dizer
onde estar,
apenas deixar
a magia de se revelar.

AMOR
Anildes Frazão Ribeiro

Das nuances da vida
De um enredo instante
Um momento constante
Sobrepõe-se à partida

Mas que dor infinita
Num coração pulsante
Por que a despedida?
Por que a ida?

De repente visita
A primavera, uma flor
um olhar
um toque
Uma alegria infinita

Há um coração que fica
Na beleza das estações
Certeza de uma vida.

CAMINHOS DO MEU BEM
Antonio Moraes

Pensar em caminhar na vida com você, meu bem...
Pensar em sentir a vida toda com você, meu bem...
Pensar na lida de hoje sem você, meu bem...
Pensar na lida chata de amanhã sem você, meu bem...

Que caminho será o seu agora?
Por onde anda você? Como está você, meu bem?
E parecia que nunca ia terminar...
E eu não me importava, meu bem!

Cruza caminho de novo comigo...
Não tão longe, meu bem!
Vem que tem sorvete no final da tarde
Com abraço apertado e beijo na boca, meu bem!

Tem carinho bem gostoso
Tem amor mais saboroso, meu bem!
Tem o amor mais verdadeiro
Tem a vida por inteiro, meu bem!

Vem... volta pro meu caminho...
Vem para mim, meu bem!
Vem caminhar comigo,
Vem pra sempre, meu bem!

LUZES DO DESEJO
D'Araújo

Sob o falso florir da Primavera
na alma dos amantes,
o perfume das rosas semeia sonhos
por entre a solidão das noites frias.
O espesso e raso mundo do desejo,
No profundo e obscuro labirinto da alma.
Fazendo refém o corpo, visto pela luz dos olhos
Que se vê nu, pela retina da escuridão do querer.
Com a complacência da inútil luta,
Entre o possuir, e a imensidão do
Vazio do depois...

AS DIFERENTES ESTAÇÕES DE CADA SER

Ariely Hunger

Vejo, mas não sei se o que enxergo
Os outros também podem ver
A estação é única a cada um
Não importa onde estejas
Verás com o teu jeito de ser
Num mesmo minuto
Para um, as folhas estão a cair
Já ao outro, floresce uma nova vida
O momento a cada um é único
Na espera do novo que está por vir
Quem vê a primavera florida
Não sabe aquilo que está por trás
Para chegar nas mais belas flores
Muitas podas teve que suportar
Por isso, olhai
Mas veja, se o que vê realmente és
Aquilo que enxergamos
pode estar além da essência do que é cada ser

O SEGREDO
DO BEIJA-FLOR

Jairo Sousa

O beija-flor voou
Parou e beijou.
Ensinou-me a canção
Da mais bela estação.
Contou um segredo para mim:
"Não deixe de admirar o jardim,
O perfume da flor
E a singeleza de cada cor".
E seguiu seu voo frenético
Ensinando o sentido poético
Em cada parada
Em cada manhã ensolarada.

JARDIM PRIMAVERIL
Barbara Nunes

Hoje é uma semente
E o agora é a terra.

Olhe para ti,
E permita-se florir...

Florir é sorrir,
Ainda que cheio de dor,
Sorria!

Florir é perdoar,
Ainda que muito ferido,
Perdoe!

Florir é amar,
Ainda que por escolha,
Ame!

Ouvi dizer:
Nem tudo são flores,
Mas ainda há flores.

Um amanhã de primavera
Começa hoje, agora...

PRIMAVERA CHEGANDO
Bernardete Lurdes Krindges

Vou
despir-me do inverno
jogando os casacos
para o fundo do baú
a me esperar
para o próximo ano.
Vem florescendo em mim
mais uma primavera
deixo-me florescer
junto com ela.
Nascida dela,
transpiro
o aroma do perfume
das rosas.
E no romper do dia
ainda em minha cama
os pássaros em festa
entoam seu lindo canto
que invade meus ouvidos
numa linda melodia
me chamando para a vida.

PRIMAVERA
Bianca Russo

As flores são grandes mestras.
Observe-as em contemplação
Um horizonte de silenciosas palestras,
Repletas de infinita emoção.
São muitos os ensinamentos,
Da pétala até a semente,
Não se imagina os sofrimentos
Pelos quais passaram sistematicamente.
A lição é importante,
Há que se erguer a cabeça.
A vida é demasiadamente excitante
Com uma esperança que prevaleça.
São diferentes os momentos,
Dos tristes aos felizes,
Os dias são pequenos fragmentos
Nos transformando em eternos aprendizes.
Plantar, regar e florescer
Para as plantas e para as pessoas.
A primavera faz crescer e acontecer
E nossas flores são muito boas!

ESTAÇÃO
Caio Araújo

Chegou como a chuva de verão.
Misturou desejo e paixão.
Santidade e perversão.
Trouxe seus raios de sol para minhas nuvens de solidão.

Se transformou na tarde de inverno.
Uma noite no meio do dia.
As ruas permaneciam vazias.
O silêncio era minha única companhia.
Cenas de um filme.
Frases de uma novela.
Contos de uma livraria.

Foi embora como as folhas de outono.
O tempo passou lentamente.
Um corte brusco, uma faca reluzente.
Uma terra árida, um ar quente.
Uma água gelada, uma chama ardente.

Me fez desabrochar como o jardim da primavera.
Despertou minha real beleza.
Minha dor, minha tristeza.
Meu sentimento, minha realeza.

O início de uma longa viagem.
O fim de uma velha estação.

SONETO DE PRIMAVERA
Caíque Amorim

Primavera da paquera
Precede o verão
Primavera que colora
Pretende emoção

Primavera da hora
Sucede o inverno
Primavera cura
Floração paixão

Primavera distribuindo cor
Semeando sabor
Mostrando amor

É na primavera que a vida renasce
Primavera dos campos floridos
Onde vemos o reflorescimento

ELA, A PRIMAVERA
Camila Pignonato

Das quatro estações
A mais florida
De alegrar os corações
A mais querida

De várias aquarelas e canções
Com temperatura mais amena
Cheia de olhares e paixões
De beleza nos contempla

És juíza entre o frio seco e o calor úmido
És desfrute entre o caminhar e a paisagem
És clima de período reprodutivo e fecundo
De bênçãos de chuva e coragem

És perfume
São cores
És deslumbre
Para eternos amores

Magnificência que irradia
Complacência que instiga
Resiliência que contagia
Dizendo-lhes, simplesmente, que ela é vida.

HÁ PRIMAVERA?
Caren S. Borges

Uma orquídea letrada
Não exala perfume,
Exibe rara beleza...
Há primavera em geleiras?

O mundo sensorial
é necessário para o humano
como o vento para as flores...
Há primavera em crianças?

O coração do poeta
exige caleidoscópicas palavras
como a flora-diversidade nas relvas...
Há primavera no Éden?

Há primavera nos polos!
Nas infâncias!
Nos jardins!
Só não há...   *para aqueles que não sonham*

PRIMAVERA SUSPENSA
Caren S. Borges

Brotou a ideia
n'árvore do pensamento
de primavera suspensa
Que Chronos insano é esse?

Sem pés em relvas
não se salvam as mentes
nem cantam os seres...
Sobrevivem às pétalas!

O vento é a esperança?
Não se quer a "bolha quente"
A primavera é premente!
Só nela o amor fraterno floresce.

As flores refletem insistentes
O universo se expande cádmio.
Os seres poetam...
E só então, primaveram-se!

FLORES DA PRIMAVERA I

Clarice Borges/Ana Letícia Borges/Carolina Borges

O inverno passou
A primavera chegou

O céu não é mais nublado
Mas sim contemplado

Como é gostoso quando fica ensolarado
O dia fica claro

Dá vontade de encher os pulmões e gritar bem forte:
"Fora, dia nublado!"

Flores vermelhas
Estrelas no céu

Em vez de adotar um bicho bravo
Plante rosas, girassóis e cravos

É RELATIVO
Carol Sperandio

A rosa do jardim é apenas uma flor que repousa na terra. Simplicidade.

Ela será contemplada, mas passado esse instante quem a viu seguirá seu caminho sem lembrar de sua existência. Fugacidade.

Oferecida como presente, para celebrar um amor, professar a fé, ficará na lembrança, marcará o tempo. Perenidade.

Depende da intenção, do momento, da posição ocupada na história, do papel do outro. Alteridade.

[...] O fascínio da procura de uma rosa sem espinhos nunca está muito longe, e é sempre difícil de resistir". Zygmunt Bauman. Complexidade.

Ilusão.

Somos rosa e espinho. Delicadeza e defesa. Palavra e ação. Sonho e realidade. Ousadia e proteção. Versatilidade.

Ao ser colhida deixou de ser a rosa da admiração fugaz e se tornou eterna. Responsabilidade.

Depois que a ela atribuiu-se sentido, adquiriu personalidade e se transformou em lembrança. Por isso agora paira sob um caderno ditando suas memórias. Subjetividade.

DOIS CORAÇÕES
Celso Custódio

Escondi o meu amor
Por detrás dos teus olhos
Para não perceber quanto
Tempo já te olho
Antes que venham as quatro
Estações chegando a primavera,
Sonhos... Dois corações!
Flores e caramelos!
Embriaguei-me com as delícias
Das tuas palavras,
Não nego buscar em teus braços
A quentura do teu corpo,
Como faísca ou brasas em fogo
Aquecendo-me aquieto,
Porque as cinzas das manhãs
Esfriam nos momentos certos!
Não posso deixar-te à mercê
Só do destino,
Quero te poupar, já não sou
Mais um menino
Tantas noites já dormi em tuas
Lembranças,
Quantas vezes chorei como criança!

IMAGENS DE PRIMAVERA
Chayane Fernandes Pinheiro

Observar a dança das nuvens
Sentir o toque no rosto do mesmo vento que empurrou as nuvens adiante
Brincar de sonhar imagens
O céu cai e
A terra vai para seu lugar
Você olha para cima e vê dela brotar tudo de que precisa
Arruda
Alecrim
Flores de maracujá
O sol pulsa dentro da terra
As folhas refletem sua luz e fazem sombras
de seus contornos
no seu quintal de nuvem azul
abra a janela
sua primavera chegou

EU, GIRASSOL!
Cintia Maciel

Sou como o girassol...
Giro em busca do sol!

Contemplo-me diariamente,
Sou templo, sou mais eu!

Os tombos que a vida me deu
Serviram para mostrar quanta
Agilidade eu tenho ao levantar.

As inúmeras frustrações foram fundamentais
Para que eu tivesse
Um outro olhar sobre as pessoas
E sobre mim mesma.

Passei a ser mais autoconfiante,
A acreditar que novas experiências
São necessárias para o nosso crescimento e aprendizado.

Com os girassóis aprendi
A curvar-me como forma
De agradecimento.

Quero ser iluminada por boas energias.

O ciclo da vida nos permite isto:
Crescer, florescer!

E assim como as flores,
Presentear-me com o encanto
E a magia das cores.
Sou como o girassol... giro em busca do sol!

PRIMAVERA DA VIDA!
Clara Elaine Sousa da Silva

Após dias tristes e tempos sombrios
Noites escuras, manhãs sem luz
Chuvas incessantes e muito frio,
No horizonte um brilho reluz.

Ao amanhecer, raios de sol
No meu jardim vejo brilhar!
Gotas de orvalho iluminam as cores
Verde, azul, vermelho e âmbar.

Anuncia-se o retorno da Primavera.
No céu, entre nuvens, a lua sorria.
Ao olhar para trás, esvaem-se no rosto
Tristeza, saudade, esperança e alegria.

As flores nos mostram as nuances da lida.
Viver é seguir intensamente e desabrochar.
Em cada pétala, uma história vivida.
E nas folhas caídas, um suspense no ar.

Minha saga é aproveitar cada momento.
E vivê-lo intenso, inócuo e inteiro.
Primavera é um estado de espírito,
De cor, de alegria traduzida em cheiro.

E como mortal que ainda sou...
Valorizo, prezo e experimento.
A Primavera da vida é o hoje,
Cujo frescor é a beleza do tempo.

SEU FLORESCER
Chayane Fernandes Pinheiro

Essas grades de ferro azuis ainda vão explodir com a força do seu ser
Você ainda vai voar nas costas de um pássaro
sentir o quente do seu corpo
e o bater de asas no infinito de céu do seu peito
Você ainda vai sentir a terra molhada umedecer sua pele
te levar até a raiz mais profunda
aquela que guarda o segredo do bater do coração da mãe-terra
Você ainda vai sentir o sol te banhar a alma
a água doce lavar sua angústia e
te levar até a fonte sagrada do mistério
Você ainda vai ver os vitrais mais altos da igreja refletirem
luzes coloridas que pintam
todas as almas de divindades dançantes
Você ainda vai
Recolher flores nascidas nas rachaduras
Caminhar na sua floresta selvagem
Voltar dela com um buquê
Festejar ao sentir o brotar da vida
Celebre
Sua primavera nasce em você

SOU PRIMAVERA!
Cintia Maciel

Das estações do ano,
Sou primavera.
Deixo brotar e florescer em mim
Sonhos adormecidos
E pensamentos esquecidos...

Nesta transitoriedade,
Preparo-me para mudanças...
Quero o perfume das flores,
A delicadeza das rosas
E a magia das cores.

Logo chega o verão.
Preciso estar pronta para recebê-lo:
Já sou alma florida,
Vida colorida!

CHEGOU A PRIMAVERA
Claudia Nolasco Diniz

Veja bem o novo dia!
Cheio de tons, sons e cores.
Cheio de pássaros, insetos e flores.
É a natureza transbordando de alegria.

É chegada a nova estação onde tudo floresce.
A vida aparece e cresce,
na água, na terra e no ar.
Tem cheiro de frutos lá no meu pomar.

Tem flores exalando seu perfume sem parar.
Tem pássaros brincando de voar.
A natureza ficou mais bela.
E tem cheiro de Primavera.

A vida foi renovada.
Vem chegando a passarada.
Os filhotinhos cantam bem baixinho, *piu... piu... piu...*
Você também já ouviu?

Veja bem o novo dia!
Cheio de flores trazendo alegria.
A vida ficou mais bela.
Chegou a Primavera!

FLORES AQUI, ALI E ACOLÁ
Claudia Nolasco Diniz

Da janela da minha casa,
Vejo flores em todo lugar.
Aqui, ali e acolá.
Flores para a sacada enfeitar.

Da janela da minha escola,
Vejo flores em todo lugar
Aqui, ali e acolá.
Flores para a criançada alegrar.

Da janela do meu trabalho.
Vejo flores em todo lugar.
Aqui, ali e acolá.
Flores para o dia perfumar.

Da janela do meu carro,
Vejo flores em todo lugar.
Aqui, ali e acolá.
Flores para o mundo encantar.

Vejo a Primavera, aqui, ali e acolá.
Vejo flores em todo lugar.

RAMALHETE
Cleobery Braga

Ramalhete vou te dar
Com todas as flores que há
O perfume vou lembrar
Sempre que te abraçar

As flores sei que gostas
Os girassóis são relevância
As rosas todas dispostas
Os aromas são fragrâncias

Que lembram teu cheiro
De longe sinto no ar
Como um bom cavalheiro
As mais belas vou te dar

Os girassóis vão girando
Para a luz do sol encontrar
És a mais bela das flores
Que eu posso idolatrar

SONETO DAS FLORES
Cleobery Braga

Flores
Belo jardim
As fragrâncias me confundem
O teu cheiro sinto aqui

Lembro do perfume que usavas
Acho que era de rosas ou jasmim
Caminhando entre os aromas
De tantas flores, nem sei mais de mim

É o bálsamo que te enleva
Que transpira o perfume
Das flores desse jardim

Me extasio com o odor da pura flor
Que exalas tão suave seja onde for
Flores.

SONETO DE PRIMAVERA
Cristiano Casagrande

As flores se abriram
O sol iluminou fortemente o dia
Chegou a primavera
Com sua luz que havia muito não via

Flores, cores, amores
Pintaram vividamente a vista da janela
Pássaros cantam alegres
Azul no céu que tudo embeleza

Lembrei-me que os anos passaram
Já não tenho mais de outrora o mesmo vigor
A primavera já não brilha tanto para mim

As flores da minha vida murcharam
Foram-se as cores, os amores e meu grande amor
Só restou o céu azul e um vazio sem fim

BRISA AMENA
C.Oliveira.LR

Era uma paisagem fria e sombria...
As cores estavam embaçadas...
A cota de harmonia quase vazia
Numa busca do eu, num mar de "porquês".
Até que numa surpresa do destino
Aparece um motivo, um alvorecer!
E como uma brisa amena
Voltou-se o gosto por viver.
Agora já se vislumbra esperança
Já se sente o aquecer do coração
Já se inala o perfume dos sonhos
E faz dissipar o medo, a solidão.
És a imagem primaveril, és a sensação
És a magia boa da vida
O que voltou a dar alento, luz, paixão.
Minha alma aflora ao te ver
Meu "eu" busca sua essência
E assim fazemos um jardim de amor
Dando sentido feliz à existência.

FLOR DE JASMIM
Déa Canazza

Quando eu nasci
Foi plantado um jasmineiro
No jardim da vizinha.

Assim eu cresci
E a parreira se fez
No jardim da vizinha.

As flores brotaram brancas e cheirosas
E muitas e tantas
Que na primavera coloriam o chão
Qual neve
E enfeitavam
O jardim da vizinha.

Eu me fiz moça
Desabrochei no jardim da vida
Me casei
E o jasmim floriu o meu vestido
Branco na minha candura
Perfumado na minha inocência.

Dias e anos se passaram
E o jardim florido,
O jardim da vizinha,
Sempre enfeitando minha vida.

Na derradeira hora
Irá o jasmim enfeitar meu "coração"
Colorir meu sorriso
Já ao encontro com Deus
Carregando um *bouquet*
Do cheiroso jasmim.

PARA SEMPRE PRIMAVERA
Daniel Breitenbach

O sol da vida ilumina os caminhos floridos
E a brisa envolve em sonhos almas enamoradas
Nos lábios doces desabrocham buquês sortidos...
E as noites serenas do olhar trazem estrelas lustradas

Assim dentro do peito é primavera todos os dias
Pois a paixão cresce e floresce cheia de encantos...
As razões de ser e os desejos de amor são tantos...
E a vida se encontra em pétalas floridas

Sensações de paz se espalham perfumadas pelo ar
Quando o amor assim é um jardim a florescer...
O tempo precioso tem mais tempo a nos oferecer...
E tudo se ajeita de forma perfeita quando se vive a amar

O almejo sincero carrega o doce beijo da satisfação
Semeando gentileza na simples grandeza de cada dia
E quando a chuva cai se une aos sentimentos do coração
Tornando para sempre primavera a bela estação da vida

BENEFÍCIO
Dirceu Luiz Simon

Joguei fora
O meu triste burel,
Agora cheiro a rosa e mel...

O sol brilha
Nos floridos campos,
Preciso colher novos cantos...

Sinto fenecer
Nos meus ouvidos
O eco dos meses idos.

Setembro chegou...
A vida brota da terra
Em BENEFÍCIO da primavera.

FLORESCER
Rafaela Freitas

Primavera é tempo de florescer
É momento de transcender
E olhar para os vendavais
Que surgiram lá atrás
Como fatores fundamentais
De crescimento e evolução
E a partir disso entender
A nossa existência na Terra
Cujo ciclo constante
De perdas e ganhos
Fará parte do existir
E enxergaremos essa estação
Como tempo de transformação
De dentro para fora
Fazendo-nos compreender
Que toda dor é passageira
E após os fortes vendavais
Vamos colorir e florescer
Como um jardim encantado
Sentindo a linda primavera
Florindo os nossos passos.

REGRESSO
Eliane Reis

Eis que o movimento de translação
Volta a se cumprir:
Inclina-se num eixo terrestre
E traz consigo esta nova energia
Despede os ventos frios, as folhas secas.
E o soldado emburrado sorri.

Surge sem pretensão, anunciada
Pelos lindos ipês-amarelos.
O vento toca suavemente a pele,
Estende as cores no chão.
Orquídeas, jasmins, rosas e afins
Dançam com borboletas e querubins.

É festa! Bendita seja a Primavera
Que chega ao recôndito das almas
Tristes, amargas, doentes, pérfidas.
Bendita seja a Primavera que sempre volta.

Ela vem tímida, mas se impõe:
Veste de esperança a rua entristecida
Traz de volta o néctar do sonho e da aurora.
Bendita seja, sagrada estação: eis a Primavera!

SAUDADES DA PRIMAVERA
A Gaivota

Narinas entumecidas
Com o odor que exalas
Oh! Minhas lindas crescidas
Ao olhar parece que falas!

Triste sazonalidade!
Exaure sua estação.
Habitat não é a cidade
Que farei com este chão?

Sei, daqui a nove meses
Terá nova gestação
Estarei aqui às vezes
Para sempre dar-lhe a mão

Haverá um reboliço:
Terra no cio, é setembro.
O companheiro noviço
Chega como novo membro.

Hospedeiro divertido
Mãos à obra, "pega pá"
Usa os cinco sentidos
Aduba sem "agachá"

Calor, chuva, primavera
Tudo novo, sol de novo
Cheiro gostoso de "vera"
São as flores com renovo.

A ESSÊNCIA DAS FLORES
Erika Fiuza

Nascemos com uma essência como a das flores
Que olha o outro como igual
Que não julga diferenças
Nascemos com uma essência como a das flores
Que perfuma o ambiente como um sorriso
Que enfeita corações com um olhar
Nascemos com uma essência, com uma das flores
Que nasce sem medo do desconhecido
Que enfrenta o perigo com coragem
Nascemos com uma essência, com uma das flores
Que desabrocha para um mundo novo
Que cresce para dar sentido a alguém
E a si mesmo (a)
Mas, por alguma razão, há essências que se perdem
Algumas formas murcham
Cores perdem tons, sorrisos perdem destaque
De alguma forma, o mundo que nascemos para transformar
Transforma nosso ser, rouba nossa essência
E o nosso objetivo é recuperá-la
Para voltar a sorrir como antes, afinal
Nascemos com uma essência, com uma das flores
Valiosa demais para ser esquecida

UMA NOVA ESTAÇÃO
Estella Gaspar

Depois de um longo e frio agosto,
Setembro vem trazer suavidade!
Coloque um sorriso no seu rosto,
Uma nova estação cobre a cidade!

Veja este espetáculo comovente:
Pássaros orquestrados a cantar,
Numa exaltação quase eloquente
Às flores que estão a despertar!

Buquês nas mãos dos namorados,
Flores acenando das fachadas,
Um verde reluzente nos gramados
Em mais uma manhã ensolarada!

Quem dera fosse sempre Primavera:
Rosas, orquídeas, tulipas e girassóis...
É a estação dos sonhos, uma quimera.
Tempo de recordar quem somos nós!

MINHA DOCE PRIMAVERA
Eva Soares

Todo ano ela aparece
Com seu brilho original
Sua beleza, seu encanto
Seu jeitinho especial
Suas flores de todas as cores
Deixam alegre meu quintal

É nesse lindo momento
Que ouço os passarinhos cantando
Como se estivessem dizendo
A Doce Primavera está chegando
Florida e cheia de charme
A estação mais bela do ano

Ela chega toda feliz
Com seu vestido estampado
Sorrindo para todo mundo
Deixando todos fascinados
Com suas gotinhas de aromas
Jogando para todo lado

Ela veio para florescer
Minha vida todo dia
Esperei o inverno inteiro
Para te ver, minha alegria
Minha Doce Primavera
Minha linda poesia

ESTAÇÕES EM NÓS
Evelïssa Mendes

Noite de sonho ensolarado...
Acordei pensando em você.

Nos demos as mãos e caminhamos diante do mar em outro hemisfério.
O dia estava diferente, a vida estava colorida
E curiosamente brilhosa e fresca.
Cantamos em outro idioma,
Rimos um do outro, como no último outono.
Seu sorriso refletia a luz interior.
Um sol amarelo, como as pontas dos meus cabelos, te jogava para perto de mim
Toda vez que repartíamos uma bobagem ou um pedaço do seu doce preferido.

Imagens de lamber os dedos
E encher os olhos
Me acordam para a saudade que sinto todos os dias
Do que ainda não vivemos
Mas que já somos, juntos.

Amanhece verão tórrido na cidade,
Mas primavera dentro de mim.

FLORESCER
Matsu

Chegará ainda a primavera!
Uma primeira flor nascerá.
Ainda verei flores,
Campos de flores se abriram!

Nesse dia verei sua voz
Beijarei seu perfume
Afagarei seus encantos
Escutarei os seus olhos

Tantos planos!
A viagem à Pasárgada,
prometida viagem!
Irei pela estação!

Deixarei meus invernos da alma,
Não levarei as promessas do outono,
Ou as queimaduras do verão.

Quando ela chegar...

NANA
Matsu

Nos seus cabelos,
Margarida Branca,
Coração, a Primavera.

SAUDADES
Matsu

Cheiro de perfumes,
Árvores dançam,
Sons de passarinhos.

TULIPAS
Matsu

Todos vestiam cinza,
Ela vestia flores.
Cores floresciam.

MANHÃ DE PRIMAVERA
Matsu

Casais apaixonados,
Crianças livres.
Poesias transbordavam.

CHEGADA
Sílvia Cristina Lalli

A primavera que alegra
O coração de alegrias rega
As rosas que enfeitam o jardim
Floreiam meu ser

Meus olhos marejados
O peito emocionado
Agradecem ao amanhecer

Tua companhia tão desejada
Na infinita estrada da vida
Bendita seja tua chegada
A florescer em mim.

SONETO DA FLORESCÊNCIA
Farley Soares Cantidio

Descobri por intermédio do tempo que tinha uma prima

E que ela era a mais bela jovem poeta da família concebida no final de setembro,

E que, anterior ao seu nascimento, a estação era o inverno,

Quando o desejo lânguido da guerra, derretido pela liberdade, findou o Antigo Regime.

Aprendi nos seus versos que as aves sobrevoam as árvores na busca de um destino,

Seja para levar a semente ao solo, na seguridade de uma nova beleza florestal,

Seja à semelhança de um ímã, atraídas ao espaço onde se enamoram e reproduzem,

Para que outras gerações se estabeleçam e a paisagem perpetue o natural.

Até revelar sua identidade, não sabia que a garota perfumada e linda

Por quem havia me apaixonado, antes que soubesse de nossa consanguinidade,

Desabrochava as mais românticas das flores e com certa frequência.

Quiçá ela seja a paz, porquanto buscamos em toda nossa luta e nessa era,

Nem sei se a beijo ou se a abraço, ou talvez não nos permita a iniquidade,

Mas uma certeza nos aproxima: o fato de ela se chamar Primavera e de ter quatro sílabas.

SABER SER TUA
Fatony Ribeiro

Saber ser inteira sendo metade.
verso sendo inverso,
alegria sendo tristeza,
cura sendo dor.

Saber ser canção sem rima,
dança sem melodia,
amante sem pudor.

Saber ser primavera,
mesmo que não haja flor.
Saber ser amor de verão,
aquele que esquenta o coração em qualquer estação.

Saber ser seiva nutritiva que mantém o sustento,
mesmo estando seca por dentro, feito folhas ao vento.

Saber ser frio de dias curtos e noites longas.
Virar teu cobertor com cheiro de jasmim
e esperar você migrar pra mim.

Saber ser amor que não morre,
amor que esquenta e não esfria,
nem que sejam aqueles dos livros de poesia.

HAICAIS DE PRIMAVERA
Fernanda Diniz

Já que é primavera
Não mande flores pra mim
Tenho o meu jardim.

                    Sempre a sorrir
              Sabia ser primavera
                  Apesar da dor.

O vento me traz
O perfume das flores
E cheiro de saudade.

BAÍA DE GUAJARÁ
Flavia Gualtieri de Carvalho

Amanheci na floresta
Quente, úmida, unguenta
ao longe, o canto dos pássaros,
o marulhar das ondas de um rio,
os sussurros do eterno

Diante do alumbramento,
o desejo de voltar ao ninho
livre de mim
alma de passarinho

Na canoa, remei, remei
nas águas do Guamá,
devagar, desci o Arará

Ave, Nossa Senhora de Nazaré!

Cheguei a Belém do Pará.

FLORADA
Flavia Gualtieri de Carvalho

Guardo as estações
dentro de mim.
Quando chove,
semeio.

Se faz frio,
encolhida,
me escondo.

Sob a luz do sol,
inebriada,
sonho.

Logo enverdece,
e as flores brincam no jardim.

Assim, em primavera plena,
Desabrocho,
Feliz.

ELA
Francelmo Farias

Ela vem e encanta,
Dança com riqueza.
Tantas cores vibrantes,
Transborda pureza.

Ela traz seu cheiro no ar.
O aroma e a beleza.
A vida aflora delicada,
Com elegância e destreza.

Ela cultiva a esperança.
Flui como uma correnteza.
Suas flores balançam ao vento,
Demonstrando sua delicadeza.

Ela é a primavera,
Digna de realeza.
Ao final se despede,
Com graça e leveza.

A PRIMAVERA NO SERTÃO
Francisco de Assis

A primavera chega mansa no meu peito
Ao ventilar as flores que dos campos saem
Com o frescor dos dias, vejo quando caem
Sobre o orvalho fino do caminho estreito

Ouço os rouxinóis cantando em tom perfeito
E com zumbido doce as abelhas extraem
Enquanto as borboletas, belas, se distraem
Em uma explosão de cores para o meu proveito

Verdes pereiros lançam flocos pelo chão
E a carnaúba brilha com o alvorecer
Que faz brotar as malvas na imensidão

Perfumando a paisagem num entardecer
Enquanto um frio oásis sopra no sertão
E os vaga-lumes surgem ao anoitecer.

O FLORESCER DO AMANHÃ
Geovanna Ferreira

Conhecida como a estação das flores,
A primavera traz consigo diversos sabores.
O sabor de um dia ameno, colorido na medida certa!
Caracteriza-se pela beleza imensa de pétala por pétala.

O florescer do amanhã carrega os ventos suaves da esperança,
E balança a árvore, que se mantém cada vez mais mansa.
Oh céus, traga-me a suave brisa no rosto!
Para que a vida tome um sentido, e eu não morra de desgosto.

A estação mais bonita de todo o ano traz consigo amarguras do passado?
Pelo contrário. Ela renova os laços, faz-me sentir cada vez mais amado.
Faz-me ter vontade de dançar lado a lado,
Com as belas flores caídas ao chão, prestes a ter o seu destino traçado.

Porém, o florescer do amanhã não é como o verão.
Ele é especial, estação após estação.
Tem um brilho único, repleto de cores,
Fazendo-me lembrar de meus eternos amores.

Estou vivendo uma eterna primavera.
Saltitando pelas vielas da vida,
Encantado com o arco-íris do azul do céu,
Mostrando ao mundo um glorioso pincel.

Aquele que pintou cada parte do mundo,
Abrindo espaço para algo cada vez mais profundo.
O colorido das borboletas é real!
Imploro-lhe, caro leitor, não deixe que a primavera se torne algo banal.

FLORESCER O AMOR
Gabriel Vital

Trouxe flores junto com meu amor
Flores belas e com um doce aroma,
Mesmo que não me queira,
Aceite minhas flores,
Não corresponda ao meu amor,
Apenas sinta meu amor,
Meu amor em forma de flores,
Aceite e sinta que sempre estarei aqui, ao seu lado.

Mesmo que não me ame,
Mesmo que seu coração
Acelere fortemente ao ver outro alguém,
As flores jamais vão murchar,
Pois deixei meu amor em cada pétala.

Sinta meu amor em forma de flores,
Pois nem todo amor precisa ser vivido,
Apenas sentido,
As flores serão prova disso,
As flores serão prova do meu amor.

PRONTA OU NÃO, É HORA
Gersika Garrido

Fique plena e calma
Não sinta pena e culpa
Não vale a pena
Não se desculpa

Foco no que está na palma
Viu, lutou e mereceu
Vitória e conquista de alma
Viva o que agora é seu

Flor pequena e alva
Granjeia espaço na suja terra
Ganha vida em local selvagem
Graciosa e frágil, mas é primavera

CARTA PARA PRIMAVERA
Bel Wells

Primavera...
Sensação de um renascimento, que a mão do Universo teceu
Poesia que a mãe natureza a toda semente escreveu.
De mil cores és senhora
Me dizem suas flores: "Memória!"
Diante delas posso ouvir cada virtude, num eterno ciclo germinando plenitude.
Primavera...
Esperança em flor que a mais linda melodia entoa, perfume que a chuva chama e o sol ecoa.
Amorosa mãe, capaz de florir a compreensão
De contar o tempo em silêncio, na voz de cada estação.
Despeçam-se de seus calendários, pois somos filhos do extraordinário nascer desta conexão.
Primavera é um florescer que vem lá do alto, revela a terra seu coração em salto.
Em cada pétala, uma carta onde o escritor diz: "Desperta-te da folha aparência, de primavera em flor é tua essência."
Primavera, abraço tuas árvores de luz e orvalho
E respiro a beleza de seu verde santuário.
Na Harmonia da primavera vivo teu espírito que irradia,
Brilho maior da vida que a flor para Alma oferecia
Primavera, carta assinada para sua morada que recebes da Divina caligrafia.

COMO?
Gisele dos Santos Lemos

Num jantar de gente fina
vi flor virar comida.
Não gostei, não.

Para mim, flor é coisa
que entra nos olhos
e alimenta a alma.

FLORES DE MINAS
Gisele dos Santos Lemos

Em trilhas, entre montanhas,
andava eu. Coisas de Minas.
E nesse caminho rochoso
vi sombra de flor anônima.

Uma orquídea?
Um jasmim
a sugar o sal da pedra?

Entre vertigens,
perdi a noção.
Perplexa, exclamei:

rosa de Hiroshima,
lírio,
pedra-flor de Pompeia!

Não sei.

Desorientei-me.
Procurei um guarda-sol.
Logo eu, dama da noite!

MEIO INÍCIO
Gisele dos Santos Lemos

Não há tempo
para bodas, prata...
Quiçá, ouro.

Não há tempo
para a nossa música
que jamais tocou.

E se casássemos na igreja
penso que o buquê:
rosas, flores do campo,
flor de laranjeira e outras
até desconhecidas
seriam jogadas para frente.

Nas minhas costas não há surpresa.
Só mulheres comprometidas,
na mesma idade em que estou.

QUATRO ESTAÇÕES
Gisele dos Santos Lemos

Peguei o trem na Estação Verão.
Dormi sob o sol e perdi...
A Estação Primavera.
Acordei e saí desorientada,
pisando em folhas secas,
Estação Outono.

Fiquei triste por perder
a Estação Primavera
e sorumbática
vislumbrei o Inverno
a chegar.

Sem esperança, roguei
aos céus uma chance.
Eis que no céu se abre
um clarão e ouço Tim Maia.

Um anjo a cantar:

"Quando o Inverno chegar
eu quero estar junto a ti.
Pode o Outono voltar
que eu quero estar junto a ti.
Porque é Primavera, te amo...
Trago esta rosa para te dar!"

Sem nada compreender,
ajoelhei-me, agradeci.

PRIMA-VERA
Gisele dos Santos Lemos

Quando pequenina
pensei que a primavera
fosse só minha,
ao ouvir a voz:
sua primavera.

Um cadinho mais crescida
descobri que Vera era prima,
nada além.
Um tiquinho de tristeza
entrou no coração.

Meus pais então
me mostraram
a estação primavera.
Um infinito de cores,
formas, pétalas, flores.

Não deu nem pra contar
nos dedos tanta beleza.
Primavera!

Pensei comigo:
coisa lá do céu, do criador.
Acreditei em Deus.

MARGARIDA
Gisele Moreira

Soa tão lindo
Teu nome de flor
Generosa, mostrou-me amor
Apesar das distâncias da vida.

Soa tão lindo
Querer mais tempo contigo,
Encontrar-me em teu abrigo
de mais pura bondade.

Soa tão lindo
ter essa saudade,
a distância, o carinho, a liberdade,
e tudo o que sonhaste pra mim.

Soa tão lindo
Ver a primavera aos poucos chegar
Pra renovar os meus votos de amor
à beleza do teu nome de flor.

CICLOS
Kytzia

Tudo é cíclico.
Nasce, cresce, envelhece e se desfaz. Depois renasce.
Primavera, verão, outono, inverno. E quando vê, é primavera outra vez!
Cada tempo com sua magia.

É primavera e o sol nasce no Leste. É a lua crescente.
Tempo de esperança, de criar, de plantar.
Magia de criação! De projetos. De desejos.
É o ar, o éter. É a menina, donzela.

É verão e o sol está pleno ao Sul. É a lua cheia.
Tempo de agir, de realizar, de amadurecer.
Magia de empoderamento! De fertilidade, prosperidade. De cura.
É o fogo. É a mulher, a mãe.

É outono e o sol se põe no Oeste. É a lua minguante.
Tempo de sentir, de ser plena, de colher e podar.
Magia de purificação! De banimento. De eliminar o que não serve mais.
É a água. É a mulher madura, a loba.

É inverno e o sol dorme no Norte. É a lua nova.
Tempo de ensinar, mas também de se resguardar, de encasular.
Magia de transformação! De renovação. De encerramento de ciclo para
[início de outro.
É a terra. É a anciã.

É primavera de novo! O renascer! O florescer!
E eu... Sou Mulher!
Sou Bruxa!
Sou Cíclica!

UM TEMPO NO JARDIM
Hilda Chiquetti Baumann

Passei quase toda a minha vida
sem prestar muita atenção
nos dias tristes
Não quis sentir
então pensei: não existem!
E foi assim
num bater de pálpebras
no espelho
que lendo os meus olhos
vi o tempo
O fim, já bem próximo
agora
aproveito as últimas horas
todas como se fosse primavera
A árvore já está quase sem folhas
Devo partir
Ansiosa, começo a contar os dias
que ainda restam floridos
Quero viver inteiro, sem medo
Não vou me demorar
Preciso antes contemplar melhor o jardim
até que chegue o momento
certo de voar.

TEMPO DE DESABROCHAR
Ivane Milhomem

Primavera chegando... estação do florescer.
Do colorido, do encanto, da beleza.
Do clima ameno, do desabrochar.
Flores suaves e delicadas a brotar,
de todos os tamanhos, cores e formatos,
exalando seu perfume inebriante.
Enfeitam os campos, os jardins, os muros,
as matas, as florestas, as ruas, as praças, as casas.
Atraem os pássaros a cantar e a encantar.
Brotam novas folhagens,
O vento a bailar, a cantar e gemer entre as árvores, as folhas, os galhos.
Primavera, tu és linda, majestosa, amada, idolatrada e encantadora,
é tempo de renascer, tempo de renovo, tempo de esperança.

AMOREIRA
Isabela Mendeleh

A menina-árvore, a árvore-menina.
Menina e amoreira, cúmplices de uma primavera quente
que se pronuncia.
A seiva bruta da amora
Encontra os olhos infantis da menina
Amor!
A árvore jovem mora em frente à casa da menina
E a cada primavera as duas completam um ciclo
Cada qual do seu jeito flor
A menina e a amora se fazem maduras
roxa, azeda e doce
e a menina cresce, cada vez menos semente
cada vez mais árvore
às vezes azeda, às vezes doce.
Morus nigra, muito apreciada por pássaros e meninas.

E assim, como um sanhaço pulando de galho em galho,
a menina escala seu tronco fino em busca de mais frutos
uma camuflagem quase perfeita entre as folhas serrilhadas
da amoreira
e os cabelos esverdeados da menina
Irmãs de seiva.
Virginianas. Elemento Terra.
A menina amora, agora com a pequenina face roxo-escura,
se despede da pequena árvore:
— Até a próxima primavera, amoreira!
e a árvore estala seus galhos, como quem responde:
— Até logo, menina.

PRIMAVERA INESQUECÍVEL DE UMA INFÂNCIA DISTANTE
Cutrim, J. G.

Na minha infância, no tempo da primavera o dia passava devagar
Acordava logo cedo e tomava um café coado e com farinha somente
Feito por minha doce mãe, que havia acordado mais cedo ainda
Eu sentava numa cadeira que dava para a rua e nada passava em mente.

Da rua eu avistava tudo, e podia ver um campo verde ao seu final
Além do verde eu via pessoas em alarido e um colorido de plantas e flores
Já estivera lá um dia na primavera, e sabia da existência de um ramal
Impossível ficar imóvel logo com uma brisa primaveril a me convidar.

E dizia baixinho: "Mãe vou ali", e antes de ouvir o consentimento saía
E saía de casa rumo ao fim da rua, chão de terra batida e empoeirada
Lá de sandália de dedo, sem camisa e apenas de calção a cantarolar
Vento suave no peito a vibrar com a brisa leve e acalorada.

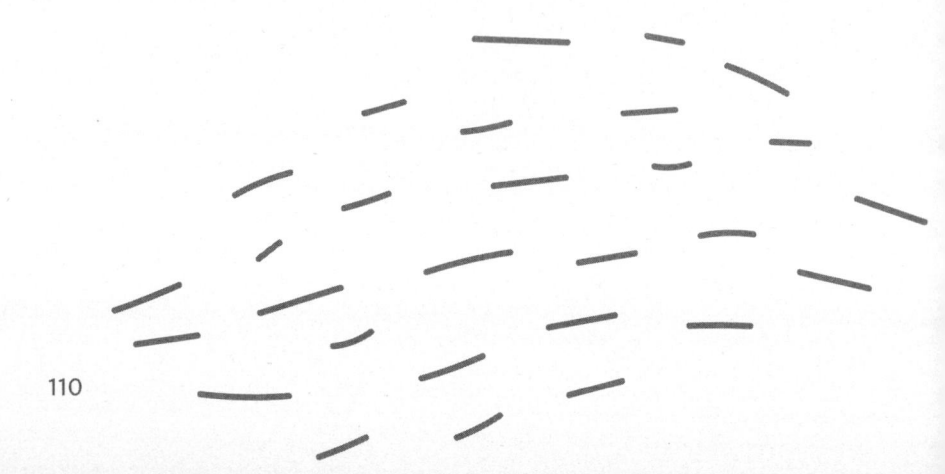

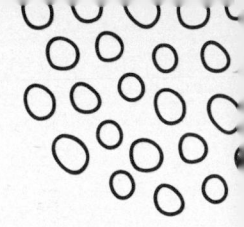

Na minha ida ao fim da rua encontrava com amigos logo cedo a brincar

Bola, pião, petecas na mão e me convidar para os folguedos infantis

Evitava, e seguia firme para encontrar meu encantado e pequenino pomar.

As casas da rua se acabavam e eu começava a sentir um cheiro forte de mato.

Estava ali naquele cenário encantador e inocente de uma primavera

Envolto a ramagens de "melão-de-são-caetano", flores amarelas e brancas silvestres

Frutas de árvores pequenas como murta e "bostinha de cabra" a existir naquela época

Um banquete de sabores e de cores nas primaveras a equivaler a um paraíso terrestre.

BORBOLETAS
João de Deus Souto Filho

As flores vão chegando devagar,
Tímidas, nas primeiras horas da manhã.
E juntas brotam as cores do ventre da terra;
E a flora toda se enfeita de cachos, pétalas e mil gotas de orvalho;
E assim, toda florida, se abre para as ricas visitas:
Borboletas, beija-flores, canários, bem-te-vis,
Abelhas, marimbondos, joaninhas, colibris.
E o verde da floresta fica cheio de alegres pitadas de rebeldia –
que as flores são rebeldes por natureza:
Provocativas, capazes de mudar o humor de toda a flora e fauna;
Efusivas, assim como os vulcões que cospem labaredas carmins.
E tudo se torna carnavalesco, de vibrante alegria,
E tudo convida para a dança e cantiga dos seres da floresta.
Não existe espaço para a tristeza,
Não existe espaço para o silêncio das noites frias;
Não existe espaço para o recolhimento vazio.
A vida transborda energia e vivacidade quando chega a primavera.
Primavera é néctar que torna a vida mais rica em significados...

É SEMPRE PRIMAVERA!
Jocifran Ramos Martins

Qual seja do tempo a previsão,
Não importa se a atual estação
Inicia ou finda,
Eu a vejo sempre linda
E, a seu lado,
Todos os dias são ensolarados!
Seu sorriso, fresca aragem,
Faz eu me sentir um calouro
A quem falta a necessária coragem
Para pedi-la em namoro.
Se meu olhar nela se fixa,
Sua imagem, que me enfeitiça,
É de uma flor facilitadora
Da divina tarefa das flores
De colorir os apaixonados humores.
Meu Deus! quão generosa a vida me fora
Quando me trouxe Eleonora!
E que desmedida sorte eu tivera,
Que fez dela minha imorredoura Primavera!

SOBRE VOCÊ
Jônatas Rosa

daquele afeto
como um sopro
quase que incerto
desbravando a quentura
das flóridas noites
que findavam outubro
deixou inteiro
aqui no palpitar
do peito aberto
um abalar incomum
do amor satisfeito

        – confesso: outras tantas vezes, na mesma fresca da praça vazia, deixei vencer aquele suspirar desmedido que você me ensinou a não esconder!

BELA E FÉRTIL
José Romilso da Silva

Primavera, a cada ano sempre retornas pondo um fim
na tua ausência, chegas a derramar lágrimas de chuvas
para regar os lugares em que brotarão as alegrias
da tua beleza, com o florescer das flores, até no meu vazio jardim.

Durante o dia, será de admirar a tua vinda com carinho,
e à noite, um pouco a esperar o amanhecer de um sonho,
permitindo que os meus olhos avistem nesta bela estação
o bem-me-quer, florescendo no irrigado chão do meu coração.

Nos ciclos da vida, ao chegar o fim da estação primaveril,
o meu coração ficará triste no mesmo instante que partires,
mas, dentro de mim, viverá a lembrança de tudo que plantaste.

A tua semente, vigorosa, permanecerá onde deixares,
aguardando o próximo período começar bem sutil
num perfeito desabrochar de uma nova primavera bela e fértil.

PALETA DE PRIMAVERA
Ronaldson (SE)

A cor está no broto
ovo-flor:
(botão coral)
o parto pronto – um porto
ao novo em luz gel, gema fervente
grávida de tempo, silente
envolta em sua concha corola

eis suspensa

dádiva ao céu
anúncio quase granada
já, já a explosão
de primavera estala:
pétalas róseas lilases douradas azuis águas
revoltas no céu em manada

laranjas blues flamingos brancas violetas

qualquer cor que seja, a primavera
cora sua cereja, cobre cinzas do outono
desossa seu esboço, no dorido revolto...

suas crostas de setembro
ah, fênix da galharia seca
broto bolor mutação
rebrota agora multicolorido

o perdão.

BELA FLOR
Jucelino Gabriel da Cruz

Foram suspiros de "Quem me dera!"
E encantei-me ao primeiro olhar
Abre-se a estação da primavera!
Vê a Lua, doce Flor desabrochar.

Por um beija-flor apresentada
Este conhecido – o amigo acaso
Mostrou-me onde foi plantada
Há ser que faça dela descaso?

Insinuem o que quer que seja
Nem sei quem a plantou, afinal
Sabes beija-flor, em tua peleja
Como veio parar no meu quintal?

Talvez do mais belo dos jardins?
Dar-te-ei o mundo, com todo tino
Farei inveja às rosas e aos jasmins
Suas raízes no fértil solo do destino.

Se oferece tão viciante flagrância
Fascinação na beleza indescritível
Perde-se a razão manter distância
Sem provar do néctar irresistível.

CASA DO SOL
Larissa de Almeida Corrêa

folhas longínquas
perto de mim
manto de sol
chuvas de jasmim
na rotação do girassol
que seguem meu coração
[imperfeição é licença para renascer]
sol que na pureza
idílica
em sua casa de céu matinal
mistério mágico
delírios atávicos [eu e você]
da alvorada que veste o céu
na encantada partida
no jardim de margaridas
porém, prefiro as idas
pulsantes do vento
que varre o silêncio
daquele momento
esculpido pela estação
– Minha transformação.

ALUNO SOL, PROFESSORA GIRASSOL

Professora Liliane Oliveira e a turma do 2º ano A 2022 da Escola Municipal Onélia de Oliveira

Ela ama muito seus alunos
Pois eles se tornaram o seu sol
Sendo a flor mais especial do jardim
Busca em todas as manhãs
Força no saber

O sol brilha no amanhecer
Buscando aprender
Na leitura e escrita
Grafias de amor

Quando o sol não aparece
O girassol entristece
Esperando por um novo amanhecer
Novos conhecimentos despertar

Os saberes adquiridos
Sempre serão lembrados
Como sementes
Serão renovados

DO ETERNO
Luciana Éboli

Foi uma revoada
num amanhecer com ar de jasmim
os olhos chamaram a memória
então aconteceu.

Quantas vezes fui dormir
para encontrar você no sonho!

Inesperadas relva e brisa
sombras rendadas de sol brincante
melodia num toque de mãos
e este poema se estendeu no chão.

E foi assim
Entre flores amarelas e borboletas
tremeram os corpos em sussurros
e um beijo de orvalho trouxe um tempo
que antes julgavam finito.

PRIMAVERA CHEGOU!
Luciane Aparecida Varela

Olhou a vitrine e se encantou porque a primavera chegou,

Estação de alegria em forma de festa e flores,

Tempo de grandes amores e desejo de coisas boas,

Desejar, pois, é tempo de amar e recomeçar,

Recomeços que fazem a primavera ficar mais bonita,

Buscando em tudo a essência do amor, de viver grandes sonhos,

Sonhos de viver tudo de novo, ou tudo novo outra vez,

Momentos nostálgicos vividos nessa estação, muito do perfume das flores

Se propaga pelo ar, quem dera ser como a bela borboleta que sai a voar,

Voam-se os sonhos e o desejo primaveril, de ver tudo de novo como o céu anil,

Primavera chegou e veio para ficar, pois o amor ecoa pelo ar,

Perfumes, flores, tudo bonito, faz com que cada momento seja infinito,

Assim como a primavera, a vida vira memória, memória que fará ser eterno

Em sua trajetória, primavera chegou e arrasou, belo momento,

Que encantamento somente essa bela estação traz para nosso coração.

TEMPO DE PRIMAVERA
Magno Aragão

Ela sempre chega sorrindo
vindo de todos os lugares
Os seus rastros são flores
perfumes e amores

Traz luz e vida ao ninho
Faz cantar mais cedo os passarinhos
Transforma o branco gelo gelado
Num prisma multicor encantado

Refletido o colorido da natureza
Numa gota d'água cristalina
Pendente em uma pétala molhada
A primavera é uma fábula cantada

Energia e magia o tempo de primavera
Renovação e esperança, como um sonho de criança
Que no florescer das lembranças
Me vem a estação mais bela.

CANTO PARA A CHEGADA DA PRIMAVERA

Luísa Pereira Viana

A primavera ainda não chegou nos trópicos!

A flor murchou solitária no asfalto, cercada pela aspereza do progresso.

Um mundo novo sem utopias.

O mar sangrando carrega em si as lágrimas de um continente.

O menino negro não chegou em casa nesta noite fria.

A ferida purulenta permanece aberta. A cicatriz abre-se mais uma vez.

De que me importa? Nos recônditos, floresço, construo santuários, ergo paredes.

Do outro lado daquela janela, que não vejo, alguém chora no apartamento vazio.

Para uns, a insônia, o tédio, o ser e a morte.

Para outros, a falta de tudo, a falta até de si mesmos.

Mas a manhã nasce fresca, a passarada canta aos meus ouvidos...

Será o dia da poetisa?

A palavra ainda é insólita, vagueia e desaparece. Não semeia.

Ainda não se chegou o tempo de colheita.

É hora de arar a terra, espalhar as sementes.

A chuva está por vir...

A mãe, o pai, que esperavam o filho voltar, não esperam mais. De mãos erguidas, de peito aberto.

A pele preta. A cor mestiça. A pela maltratada de sol. O branco, quase preto, de tão pobre...

Todos cantam.

É hora de evocar a chegada da primavera!

PRIMAVERA
Marcos Barreto

Já amanheceu.
Ao longe, ouço pássaros.
O sol descansa na janela.
Uma flor sorri pra mim:
É primavera.
Acordo meio sem querer
E devolvo do meu jeito
Aquele sorriso tão singelo:
É primavera.
À minha volta em instantes
Em uníssono as flores:
É primavera!

CANÁRIO
Maria Clara Tavares

Diante do almejado canário da cartela do amarelo,
Era zangão, banana e loira.
Poderia ser Sol da Toscana, ora essa.
Mas fui um pouco banana, zangão e loira.
No entanto, vi tudo chegar
Muito perto de ser outra coisa.
Mas, para quem supõe ter cruzado a linha,
A vitória nunca é ganha.
Assim, não deixei de ser, de um modo ou de outro,
Um bocado zangão, banana e loira.
Já quis ser fogo. E medalhão!
E o canário, sobretudo, teria me feito muito feliz.
Narciso e limão nunca fui.
Mas veja, eu também não quis.
Por isso, confesso-lhes, em segredo e reconhecimento,
Que boa parte do tempo, eu fui muito zangão, banana e loira.
E, na tentativa de ser tom diferente do que era,
Do que não fui e nem poderia,
Me vesti do amarelo da aquarela.
Sou atenta a um canto mais livre.

SOU A MINHA PRÓPRIA PRIMAVERA
Suiany Tavares

Pés fixados no solo para receber a energia vital
Tenho a idade da Terra, sou casa e fortaleza
Que abriga o pulsar da existência.
Sou eu a minha própria primavera!

De minhas mãos brotam flores e seus espinhos,
ofertados a quem queira se aproximar
com a coragem de sentir o perfume e, sabiamente,
desviar da parte que pode machucar.

Cada sentimento é um galho emaranhado,
comunicando-se com minhas raízes onde está meu coração,
resisto às intempéries, cruzo as estações, suporto o frio inverno
para florescer, afinal, após os ciclos mutáveis e complexos.

Respondo por muitos nomes: rosa, lótus, girassol, margarida,
lírio, gérbera... em todas as suas cores e vibrações.
A natureza fez de mim uma poderosa resistente,
capaz de florescer até mesmo no chão seco do meu sertão.

Pétalas caídas, esmagadas pelas mãos insensíveis que me arrancam,
espalham concreto cinza para impedir meu crescimento e brotação.
Esqueceram-se de que abrigo todos os elementos que compõem
[a vida.
E enquanto houver terra, água e o calor do sol, surgirei sempre
[floração.

PRIMAVERA
Malu Veloso

É tempo de apreciar as mais lindas flores
Jardins repletos de cor e brilho
E deixar que essa beleza
Enalteça e fortaleça o coração!
É tempo de cultivar o amor
Para que germinem frutos frondosos
Providos de verdadeiro afeto!
Que o doce sopro do carinho e do amor
Sintonize delicadamente com a preciosa vida
E inspire somente a alegria em seu viver!
É tempo de sentir-se energizado
Pela presença irradiante da luz do sol
Valorizar cada detalhe da mãe natureza
Que é capaz de desprender tanta beleza
As pequenas pétalas que caem das flores
São singelas lembranças
De como podem colorir os caminhos
Caminhos agraciados de amor
Que essa linda estação
Possa propiciar uma renovação íntima e pessoal
E te faça refletir que a vida
É uma suave canção de ternura
Uma ternura que envolverá seus dias
Dias que serão agraciados de alegria e leveza
E a imensa vontade de ser feliz!

RELVA A RECOMEÇAR NA PRIMAVERA

Marisa Relva

A espalhar a elegância nos campos,
o perfume no caminhar das flores no jardim,
a reencontrar a relva na primavera.
A representar o coração, a sonhar,
a escrever os sentimentos floridos,
a regressar dos tormentos dos ciclos das estações,
a viver sentido, nas asas do destino,
ao ouvir o canto dos pássaros,
a sentir os pequenos raios de sol a iluminar a vida,
na primavera doce e calma,
dos pensamentos que vagueiam,
a conduzir a esperança, em pronúncio azul-claro céu,
no frescor das folhas e bromélias a sorrir no jardim,
nos pequenos raios de sol da manhã,
a reencontrar a relva.
Da paz nos campos caminhar,
o mar a sentir, acordar pra vida,
a perceber o olhar, no sorriso a esperança,
no anseio destino a percorrer,
do encontro a festejar a alegria,
a reencontrar a relva na primavera.

AS CORES DO MEU JARDIM
Marli Beraldi

As cores e os sabores do meu jardim
são alegrias sem fim,
São roseiras tão vermelhas.
Tem também as brancas rosas,
Sempre tão hospitaleiras.

Disputam o pequeno jardim
a cheirosa dama da noite, flores brancas e misteriosas
fazem-nos apreciar a beleza da natureza.

Há um pequeno limoeiro
com seu perfume cítrico
presenteia-nos com saborosos limões
despertando-nos profundas emoções.

Há as orquídeas tão singelas, amarelas tão vibrantes.
As orquídeas róseas e as orquídeas brancas
trazendo-nos muitas esperanças.

No meu pequeno jardim recebo visitas ilustres.
São as ararinhas tão alegrinhas.
O mais bonito João de Barro é o dono do pedaço

Um pequeno pedaço de terra
Cultivada com destreza e muita delicadeza
Por meu amor,
Pode trazer-nos tanta vida em suas cores, flores e amores!

REFÚGIO
Martha Cardoso Ferreira

Onde não mais avistar o horizonte
por entre nuvens esparsas,
um céu gigante e aves rasas,
descubro um sentimento novo
e talvez uma tristeza
que não sei onde nasce.

Se tudo ao meu redor nada seduz,
penso apenas no que me traz saudade
o tempo inexato, as vicissitudes e armadilhas
das histórias contadas, dos dias festivos...
as estripulias que não se acabam,
as dores que amenizam...

Vejo as cores da paisagem lá fora
e isso não traz de volta a esperança...
Ver não adianta, porque meus sentidos irradiam a alma
a vagar pelo cheiro doce da primavera
O tempo também traz consigo as lembranças distantes
e uma alegria que não se mede.

Pela janela, chuva e sol se revezam,
ao fundo um arco-íris colore o céu.
Sinto uma paz adormecida e o aroma das flores
Por instantes, divago em pensamentos vãos... solitária,
Sinto mais do que penso,
Vivo mais do que sinto.

PURA MAGIA
Martha Cimiterra

Entre as flores de muitas cores
e as borboletas a voar,
encontro ali os mil encantos
que a primavera quer mostrar.

Há sempre abelhas e zangões,
joaninhas e bem-te-vis,
beija-flores, até besouros
enfeitando alguns logradouros.

Nessa época de luz
em que o sol forte nos seduz,
o céu se faz bem mais azul
aqui e lá, de Norte a Sul.

Se eu tivesse um bom jardim,
ele feito só para mim,
iria, na certa, abrigar
todo esse amor que está no ar.

Aquarela na tela branca,
pintada com grande primor,
iria retratar, enfim,
essa primavera em mim.

A MAGIA DAS FLORES
Mary Anne P. G.

Ah, a primavera,
Minha estação preferida
As coisas ficam mais coloridas
A vida mais bonita.

Os pensamentos mais alinhados,
Ela tem um efeito anestésico
Com o poder de acalmar os
Pensamentos mais turbulentos.

Só de admirar suas belas flores
De vários formatos e cores
As ideias já se expandem
Fazendo tudo ficar mais bonito.

O caminho colorido
A vida mais clara
A alma lavada
E assim fico mais inspirada.

FLORES
Mary Anne P. G.

Petúnia, resiste ao calor
Trazendo força e resistência
ao seu jardim
sem falar da beleza que me encanta.

Copo-de-leite, na sua elegância
Enfeitando casas e buquês de noivas
Buscando a paz e tranquilidade
Trazendo a leveza e pureza da vida.

Girassol, segue a direção do sol
Grande como ele
Somos todos girassol
Buscando o seu lugar ao sol.

Amor-perfeito, lembra que o amor é perfeito
Com suas pétalas macias e em variadas cores
Traz muito amor aos lares
Enfeitando casas e trazendo
muito amor ao seu jardim.

AS QUATRO ESTAÇÕES
Mauro Felippe

O vento carrega as folhas pelo chão
Transforma o tempo em demasia
A natureza permuta a estação
Apenas na virada de um só dia

Chega o outono, avisa o ciclo natural
Prenuncia silêncio do canto dos pássaros
É hora da cria, para casa o retorno
É hora dos mais aptos

Meses após, cai a temperatura pelo vento vivante
O calor soberbo e triunfante
Chega o inverno pelas frestas congeladas
O corpo retrai-se e junta-se à amada

A seguir, a primavera
As flores transbordam-se em perfumes e cores
Os polens e estigmas anunciam o cio
Os homens às mulheres os seres amores

O sol, menos ameno relata o verão
As folhas já secas desaparecem no chão
A transformar-se em passado escama
O calor forte, por ora, se proclama

VESTIDA DE SOL

Mayra Faro

Te veste de Sol,
Brilha com a luz da tua alma.
Te perfuma com as flores do teu coração
E confia no Amor que rege tudo.

O rio sabe para onde fluir,
A semente sabe como brotar,
A flor sabe como nascer,
O passarinho sabe o seu cantar...

A Natureza sempre sabe.
Há uma sabedoria inerente em tudo
Que ecoa no coração profundo.
Só confia...

HAICAIS
Michele Pacheco

Plantadas no vaso
Flores púrpuras e brancas
Sol de onze horas

No asfalto rachado
Uma chanana em flor
Um cachorro late

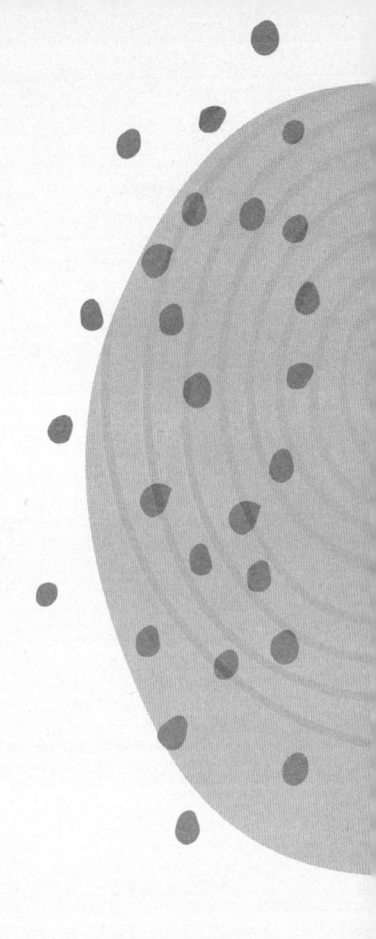

Uma orquídea mais
Quatro lírios no jardim
Borboletas voam

IPÊS
Miguel de Souza

É setembro e no meio da floresta
os ipês com suas flores lindas
dão ao mês primaveril as boas-vindas,
espargindo aos olhares suas festas!

É setembro e a natura se manifesta
em quatro cores de beleza infinda
e, ao adentrar por outubro ainda,
não findam as cores que a natura infesta!

Das flores, com certeza, as mais formosas,
são sem dúvida as flores do ipê-rosa.
Mas e as flores bonitas do ipê-branco

a embelezar o ambiente brando, franco
E há ainda as flores roxas, amarelas
a deixarem as retinas sempre belas.

OBRA-PRIMA
Moacir Angelino

Arte da natureza
Obra-prima de ver
Verás o quanto é bela

Bela flor
Perfumando o ar
Sentindo até sonhar

Ar
Arte, obra-prima de uma era
Bela é a Primavera

CIDADE DOS IPÊS
Cirinha

Vivo na cidade dos ipês
Que encantam todos
Durante a floração.
Ousei pintar uma destas árvores
Que vi em caminhada, ao parque,
Para minha alegria e emoção.
Era um lindo ipê-rosa
Repleto de flores coloridas
Contrastando com o verde
Das plantas baixas e pequenas.
Quando a floração acaba
E as árvores ficam sequinhas
Olho para o quadro e recordo
Minhas caminhadas pelo parque
Que continua fechado, devido à pandemia.

O JARDIM
Cirinha

Era um lindo jardim,
Plantado com muito cuidado
No quintal de nossa casa.
Havia flores de muitas cores
Rosas brancas, vermelhas e amarelas
Um gramado sempre regado.
As roseiras próximas à calçada
Chamavam a atenção de quem por ali passava.
Havia uma linda buganvília
Cujas flores encostavam bem no meio do gramado,
Plantamos uma parreira,
Que dava frutas, sem cessar,
Duas vezes ao ano.
Tínhamos apenas o trabalho de podar.
Vizinhos e amigos recebiam as frutas
Para sucos e geleias saborear.
O jardim, agora, só existe em uma tela
Que consegui pintar.
Para de meu jardim lembrar.

ROMARIA NO CHÃO DE PRIMAVERA

Nádia Calegari

Na calçada quente, entre vãos e pedras, passos desmaiados e férteis,
peregrino ao encontro do floreiro de Santa Rita.
A rua é minha varanda.
Nela percorro todos os contrários que me acordam.

Nem o ruído da poeira ácida dos carros desvia-me os passos.
Eu ando como quem assovia versos miúdos.
Faço procissão.
Sigo as estações à sombra das árvores.

Trilho entre as paisagens adornadas, ora vestidas de céu, ora vestidas
[de ninho.
Transfiguro demoradamente em meus contornos.
Os pés resistem solares.
Caminho...

Sem demora o roseiral faz sua aparição.
Benze os começos.
A flor de três-marias renda o chão de primavera.
O canto das andorinhas acende-me por dentro.
Respiro grande...

As mãos humildadas reverenciam o cenário dos meus olhos devotos.
O riso do prado, cor da rosa, esperança meu altar.
Floreio-me da cabeça aos pés.
Ali faço meu rezo.
Sigo a romaria...
Efêmera eu sempre volto para desabrochar...

A BELEZA DO FLORIR
Mylene Kariny

Cada primavera revela algo novo.
A beleza de suportar todas as estações até seu retorno.
A leveza de sentir um novo amanhecer.
E florir vendo um novo começo aparecer.

Em cada primavera, minhas pétalas ficam mais firmes.
Meu pólen tem mais alcance, sigo mais confiante.
Dias nublados passei, consegui resistir.
Na esperança do sol do porvir.

Primavera vejo chegar, meu florir recomeçar.
Cada ano mais forte.
Minhas sementes espalhar.
Quero pétalas de amor deixar.

A cada primavera admiro o recomeço.
Minha resiliência reconheço.
Apenas agradeço.
Um novo florir mereço.

CORES DE PRIMAVERA
Natália Luna

Clima primaveril, flores desabrochando
Após longo inverno, frio e geadas
Discreto sol clareia aquecendo

Diversas cores em forma de flores
Aparecem nas janelas
Assim é a primavera

Estação que encanta
Enfeita
Um convite à alegria

Após recolhimento
Uma flor nos cabelos
Os sorrisos são um alento

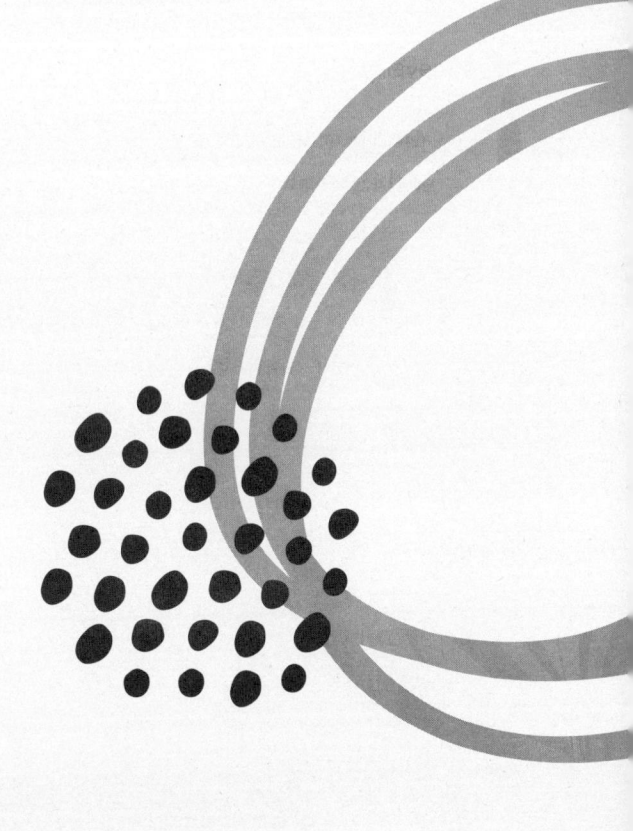

QUEM ME DERA!
Neusa Amaral

Quem me dera!
Numa manhã ensolarada, bela,
Sob a sombra de um altaneiro cedro,
Desvendar o mistério dela:
Num passe mágico, folhas verdes
Em multicoloridas rosas se transformam.

Quem me dera!
Numa praça ao entorno da igreja,
Degustar o aroma delas:
Rosas, dálias, lírios, orquídeas,
Bromélias...

Quem me dera!
Aliar trinados suaves de diferentes pássaros,
Ao legado aromático delas!

Quem me dera!
Desfrutar desse inenarrável cenário
Entre carícias ousadas tão desejadas
Durante todas as minhas Primaveras!

Quem me dera!
A natureza é sábia e bela
Há de realizar esse sonho
Ainda nesta Primavera!

Quem me dera!

POÉTICA DA PRIMAVERA
Nelson Castro

In natura...
Antídoto e cura,
a busca da natureza,
da célula *mater*,
da gênese
do ventre de Gaia.

o uno corpo mutante
de água e terra,
de sopro e fogo,
de outono-inverno,
de verão-primavera.

Carmem...
Carpe diem...

Celebro escrevendo
como sendo
o ritmo que vibra
em cada átomo,
em cada sílaba,
em cada pétala.

Celebro escrevendo,
anunciando o lírio-lírico.

VENHA LOGO
Rafael Moreira

Já está chegando, Primavera?

Estou à sua espera, as portas da estação já estão abertas

As últimas folhas secas caíram e estão no chão, aquele vento frio que bate na face e arrepia os pelos dos meus braços se foi, um clima agradável que alimenta a esperança parece trazer abundância.

Não se esqueça, sua estação é depois do inverno e antes do verão, sua estação é aquela com flores no portão, girassóis, lírios e margaridas, embelezam desde a entrada até a saída.

A cidade fica mais bela com sua chegada, ainda que por uma curta temporada, de setembro a dezembro, sua presença é meu alento, espero por esse momento há tanto tempo, venha logo, Primavera.

Quando você está aqui, a vida tem um novo colorido, um sentido, uma razão para viver, tudo são flores, animais despertam de sua hibernação, abelhas trabalham constantemente na polinização, eu sonho com sua chegada alegrando essa estação.

Neste equinócio de equilíbrio perfeito, o sol brilha o dia inteiro e a noite inspira um lindo luar, ambos com 12 horas de apresentação.

Venha logo, Primavera, quero sentir de novo o teu cheiro que desperta em mim o desejo de espalhar minhas sementes pela terra. Você afeta meu signo, representado pela água, que deixa as emoções à flor da pele tornando as relações ainda mais intensas.

Sei que virá vestida de rosas, rosas vermelhas, intensa e vibrante como a paixão, venha logo, Primavera, colorir meu coração.

MINHAS PLANTAS PREFERIDAS

Rayane Christiny

As plantas me encantam
E por isso, amo passear na rua
Pois sempre me deparo com uma

Existem diferentes espécies
E cada uma tem seu significado
Admirar elas é o que mais faço

Mas as minhas preferidas
São os Cactos e as Margaridas
A Margarida é muito afetiva
Delicada e pura
Ela adormece no inverno
E floresce na primavera

Já o Cacto me transmite segurança
Bravura e independência
Ele não depende de ninguém
E isso me encanta

Minhas plantas preferidas
Os Cactos e as Margaridas
Tão diferentes uma da outra
Mas é isso que amo admirar
Se fossem todas iguais
Não haveria como apreciar
Cada detalhe que elas têm a mostrar.

PRIMAVERA DE NÓS
Rony Santos

Em pálpebras que descerram,
tal qual diamante lapidado,
teus olhos refletem orvalho
que me toma como espelho.

Em lábios que se afastam,
tal qual asas de borboletas,
a voz salta em toada delicada
e me toma em cores as palavras.

Em mãos que deslizam,
tal qual o sol sobre os hemisférios,
afaga em teu corpo o austral
e me toma o Norte, o equinócio raio.

Em corpos que se enlaçam,
tal qual as pétalas e o pedúnculo,
geramos primavera afável
em olhos, bocas, mãos e corpos
a serem sempre rosas
nos jardins que construímos.

PALETA DE FLORES
Regina Ferreira Caldeira

É primavera

Os movimentos da Terra trazem troca de estações, onde inverno passa o trono da majestade Primavera, deixando o glacial tênue formar paleta de cores, e por um piscar de olhos nosso mundo vira flores.

É primavera

Logo o sol dilata brilhos e se apresenta ao campo, entre praças e paisagens esbanjando vaidade, na mistura multicor graciosa aquarela, decorando as florestas no baile de primavera.

 É primavera

Na dança do ciclo florido com pétalas de emoções, vento livre e cores fortes, vem marcando a plantação, perfumada em arranjos faz o público sorrir, entre florais harmonia com o canto do bem-te-vi.

É primavera

Rosas variadas emolduram o céu em versos, desabrocha felicidade, galhos vividos revestidos de rosas suaves, como tela do planeta que enfeita o meu quintal de forma inigualável, beleza sensacional.

É primavera

É mudança metaverso a estação encantada, sinfonia natural, transição de sentimentos, vestindo todas campinas com girassol, tulipas, lavandas ou margaridas em praças ou roseiral, como um abraço de flores quando tem um festival.

FLOR DE PESSEGUEIRO
Rafaéla Milani Cella

Da semente pequenina, no solo fértil regada e tão bem cuidada, vence barreiras impostas a ela.

Cresce devagar formando seus galhos, suas folhas pequenas e enfim as flores mimosas do pessegueiro. Em tons brancos, rosa, roxos e vermelhos vão desabrochar.

Vem mostrar o caminho novo que o sol quente e imponente a enche de energia e a faz surgir.

Abandona o que te aprisiona.

Te liberta! Rompe com o passado.

Te revela ao novo! Ganha teu espaço.

De tal maneira perfumada a bela flor delicada enche os campos e faz um mar cor-de-rosa como um algodão-doce gigante a encantar os olhares.

E a menina, na ânsia de tê-las, de pés descalços corre e as alcança. Colhe em braçadas e se esbalda ao encher-se do toque macio e sedoso das pétalas rosadas.

Ah, as pétalas! De leve pontilhadas com fina plumagem do toque de seda.

E deitada na relva, a menina coberta pelas flores do pessegueiro se abre para a vida de uma nova primavera.

ESTAÇÕES
Rosinha Lima

Floresço como pétalas macias
Com cores diversas e cintilantes.
Suave como um arco-íris,
Faço o ambiente e o ambiente me faz.

Fortaleço-me com a energia do viver,
Do pensar e do querer.
Radiante como um sorriso,
Contagio e afloro a beleza do ser.

Ventanias oscilam com reconstrução.
Fértil permanece o solo coração
E o Amor que germina a cada permissão.

Transbordo em mim o afeto
E afeto de maneiras distintas, alguns e alguém
Colorindo as veredas do mal sempre com o bem.

Renovo-me em todas as estações
No calor, na chuva, no farfalhar das folhas...
Mas é na primavera que a paixão
Suavemente me consome.

A MAIS BELA DAS ESTAÇÕES
Rosa Rodrigues

Qual estação é a mais bela?
Todas têm sua magia, cada qual escolhe aquela,
Que mais mexe com o seu ser
E faz enfraquecer suas mazelas.
A primavera é para muitos
a mais bela das estações
Deixa tudo mais colorido,
alegrando os corações.
Despertando nas pessoas suas melhores emoções.
É nesta época do ano que ocorre
a floração.
Os jardins ficam mais bonitos!
Este é um dos efeitos,
Diversas espécies desabrocham,
O mundo fica mais colorido!
As ruas, campos e parques se
transformam com suas cores
Isso nos faz esquecer um pouco as nossas dores.
É por isso que, a meu ver, ela é a estação mais bela.
Viva a primavera!

PAIXÃO DE ESTAÇÃO
Rosimeire Peixoto

Conheci-te no verão
Calor imenso
Calor intenso
Despertou-me uma grande paixão
A qual queimava
Igual tal estação
De repente veio o outono
O calor não era mais o mesmo
Nem da passada estação
Nem da nossa ardente paixão
Logo veio o inverno
Esfriou mais um pouquinho
A paixão que queimava no verão
Passou a queimar de frio
Pensei ter sido o fim
Então veio a primavera
Trouxe flores, perfumes e muitas cores
Cada vento que soprava
O verão anunciava
A paixão que de frio queimava
Ia queimar
Com a nova estação que voltava

PRIMAVERA
Rossidê Rodrigues Machado

Primavera!
Beleza, cores, fragrâncias.
Estação magia!
Não há quem não se encante!

A Paisagem,
As nuanças tomam conta!
Graça, esplendor, delicadeza.
Show da natureza!

A Floresta se veste de flores!
Tudo se enfeita!
Os olhos aplaudem.
Esplendor que se espalha!

A quatro estações.
A primavera:
Arte natural, vida!
Inspira poesia!

Primavera.
Magnífica em cada pétala!
Espetacular cenário!
Uma dádiva! Admirável!

SENTIDOS
Rubiane Guerra

Singelos passos pela grama molhada
Perfume de flores a desabrochar
Alegria remanescente compartilhada
      Novas cores a se capturar

O sol vibra ao nascer
Chora ao se pôr
Os ventos sopram com leveza
      Novos sentidos a embalar

Beija-flores pousam sem hesitar
Dálias, Gérberas, Rosas
Girassóis, Orquídeas, Lavandas
      Novos aromas a exalar

É primavera...
... tempo de renovar!

TEMPO PRIMAVERIL
Rubiane Guerra

No orvalho as novas cores enaltecem
O vento sopra lentamente
Levanto o frio veemente
Tempo de renovação e floração
Primavera e sua inspiração

Begônias mostrando cordialidades
Dálias buscando reconhecimento mútuo
Flores-de-lis levando mensagens e louvores
Gerânios renovando seus sentimentalismos
Girassóis energizando com sua dignidade, glória e altivez
Jasmim adoçando com sua sorte e alegria
Lírios puros coletando paz e inocência
Lótus protegendo a sensatez
Orquídea mostrando o amor e o desejo feminino
Rosas infinitas louvando o amor
Tulipas fervorosas esvaindo a dor
Violetas leais agraciando a simplicidade

Cada flor com seu ardor
Cada vida com seu louvor

Desabrochar... criar... energizar... amar!

INVERNO
Sallete Azevêdo

Me despeço do inverno

Meu momento interno

Chegará a primavera

Flores alegrar e a ti cativar

Saberei te amar e até demonstrar

Se o tempo e a vida deixarem

PANORAMA DA PRIMAVERA
Samuel de Souza

Sol primaveril
Ânimos renovados
Nas caminhadas

Cantar das aves
Pétalas de sentido
Espetáculo

Universo em flor
Em cores de concórdia
Um arco-íris

AMOR À MATA
Sandra Guimarães

Mata que te quero verde
Que te quero Atlântica
Que te quero linda
Que te quero cores
Amores primaveris

Mata que te quero minha
Que te quero pura
Que te quero vida
Que te quero pássaros
Estação de cio

Mata que te quero flores
Que te quero odores
Que te quero orvalho
Que te quero jasmim
Primaverizando-se em mim

Mata infinitamente primária
Mata que anuncia ser tempo de primavera
Mata pura metamorfose
Mata amor

FOTOGRAFIAS
Sarah Helena

Cenas de um varal cheio de miniaturas
cheirando a bebê
Dois gatos entrelaçados no colchão no chão
O reencontro raro de quatro irmãos
se equilibrando nas tramas de uma rede
de zelo e proteção
bifurcada e com muitos (de) nós
Poemas, pernas, mãos, boca quente no meu inverno
a fazer florescer primaveras
O carinho que chegou depois
degustado em parcelas
A poeira e a louça suja
Os restos de uma festa modesta
Escritos, estudos, mulheres, trabalho
Um caderno cheio de girassóis
de páginas amarelas, a imitar o sol
Abraço de filha, janelas, cores, muitas cores
a inundar quintais e fazer brotar rosas e sonhos
Que sejam quentes

AMOR EM FLOR
Shahar Grinblat

O amor é um apanhado de samambaias tomando sol aos domingos.

O brilho que cega os olhos, alimenta a fotossíntese infantil.

O amor é menino, nu, leve e estrondoso, nada em riachos vazios.

As águas que lavam os pés, entregam segredos de peixes e pedras.

Não sei quem és? Domina meus sonhos, ó Eros!

Quero ouvir seu suplicar frente aos incautos amadeirados.

O amor é verbo primevo, veio antes da primavera.

As flores, em coroas, secam as lágrimas que me voam dos dedos

É nesse tanto de desencontro em que eu canto e conto que o amor aparece e me faz de tonto.

TEMPOS EM FLOR
Sonia Szarin

Venho de invernos sombrios
E de outonos carregados de dor
Mas renasço entre pedras, sou semente
Na aridez desse caminho sou terra em flor

Se meu peito explodisse em versos
Eu seria prosa, poema e canção
Conjugo a primavera em verbos
Na doçura da mais singela estação

Ah, e o mundo se preenche de cores
E as doces pétalas se misturam ao ar
Numa delicada dança de matizes e sabores
São as flores me chamando de volta ao meu lar

Não importa onde o vento me leve
Sobrevivo em qual estação for
Mas meu coração mora na primavera
Aqui sou alma, sou essência, sou flor!

CHUVOSAS
Sophya Amorim

está ouvindo esse som?
batidas diferentes
dois toques e eu vou acordar
mas essa chuva tenebrosa
não quer me transbordar
meus ossos estão gelados
meus pés estão atolados
setembro,
naquela noite no rio de janeiro
a tempestade apertou
e meu sonho não se realizou
ainda consigo ouvir o baralho
que tanto me traumatizou
setembro,
há os meus setembros
onde estão as flores que você jurou?
a primavera trevosa
me deixou duvidosa
flores incolores
mudaram os meus valores

INSPIRA POESIA!
Tatiana Santiago de Lima

Perfumada e bela
No jardim da Primavera
Nasce encantada e rosada,
Em uma infância abençoada!

Do ventre materno,
E o girassol amarelo,
O roxo da violeta
E o lírio branco ou jasmim
A enfeitar o jardim
E a inspirar meu poema, enfim!

Divinamente bela
Como um raio de sol
Abrilhantar a janela
E colorir aquarela
No jardim da Primavera!

A flor divina
A flor que inspira
Tão colorida! Cheia de vida
A trazer... poesia e rima!

E no jardim da Primavera
Que se abre para mim,
A flor e a criança
A inspirar essa dança...
Poesia que me alcança!

BUGANVÍLIA CINZA
Iza Saito

Me abraças, diante o bafejo que se deixa cair
Me abraças, enquanto ainda estais aqui
Pois, a esperança de amor há de partir quando tu não ficarás por mim

Na primavera a brisa leva à estação em cores
O tamanho do meu sorriso esconde o medo que te vá por entre as flores
Que retornam com a estrada que pegará quando te fores

Me abraças, para que eu guarde em mim teu perfume doce
Como o eucalipto das rosas, que murcham ao despedirem-se da primavera para dar lugar ao inverno de dissabores

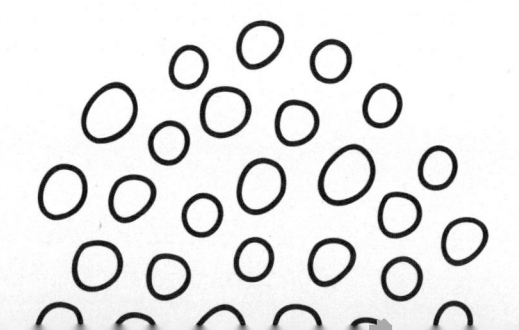

Com teu abraço, levas para longe pedaços das falésias que remoem meu desiludir
Tragando minh'alma
Que de saudade se consome ao te ver partir
E ansiosa espera o dia em que ficarás aqui...
Para abraçares a mim!

Por enquanto, vivo por mentir que está bem assim!
Por medo de perder aquilo que me tomas sempre que te deixo ir
Talvez, um dia, quem sabe, não seja mais assim...

OLHOS DE PRIMAVERA
Thiego Milério

Da primavera não quero flores nem cores...
Quero o sabor da terra úmida e o calor da semente túrgida.

Mais luminosas que os cristais são as lágrimas do orvalho em pranto nas pétalas que o outono próximo sepultará pela vida vinda vindoura videira...

Da primavera não quero flores nem cores...
Quero a terra preta entranhada no espaço ungueal das mãos calejadas dos jardineiros silentes.

Mais rico que o perfume sutil da lavanda é o suor grudento como o mel que adoça os músculos e vértebras de quem labora os sonhos calados chorados findados.

Da primavera não quero flores nem cores...
Quero o sabor dos amores dos beijos-flores dos beija-cores.

Mais ágil que asas das flores é a luz que penetra os olhos e dá ao estro o sentido das cores que gritam na alma dos furta-cores primores furores.

Da primavera não quero flores nem cores...

Quero apenas a espera das flores e cores que ainda não brotaram em jardim nenhum algum urucum.

Aos olhos da primavera, verão.

MARGARIDA
Udi

Bem-me-quer,
Malmequer,
Eu me quero!

Margarida é flor,
Como flor foste criada
Sua vida é só amor
É também és muito amada.

No jardim de várias flores
Todas têm o seu encanto,
O vento que as embala
Também traz doce acalanto.

Na primavera da vida
Nascemos para brilhar,
Mas o inverno sombrio
Por vezes nos faz murchar.

A vida tem vários caminhos
Pétalas de alegrias e de tristezas,
Guardamos as mais felizes
Pois viver é uma beleza.

Fomos caule, somos botão,
Bela flor desabrochada
Mas murchamos e vamos ao chão
Surge nova caminhada.

Na memória os jardins
Com lindas flores são guardadas,
Vivo com você em mim
Pois em meu peito estás gravada.

SEGREDOS DA PRIMAVERA
Valéria Nancí de Macêdo Santana

A Primavera veio me contar
Da trilha de estrelas daqui ao luar
Florindo o caminho, instante no ar
De pétala-amiga, brincando de amar

Pólen de abelha, favo de mel
Adoça minha vida, desfaz o meu fel
Me tira a tristeza, me dá o seu céu
Me nina em seu canto, me cobre em seu véu

Lilás, verde, pinta
De cor mais distinta
Lambuza de tinta
A tela sonhar

De seiva da selva
Orvalho na relva
Cintila sua gota
Beleza encantar

Vai, Primavera
Me explica se espera
Um barco a vela
Pra te navegar

Vai, Primavera
Segredos revela
E um rio de aquarela
Pra te atravessar

SEMENTES DA EDUCAÇÃO
Savana

Por muito eu vivi presa em uma profissão
Que não me acrescentava nada, e não me dava satisfação
A gente sempre pensa no que tem mais valor
Mas nunca se preocupa com o que nos agrega amor

Foi então que eu resolvi que pedagogia iria cursar
E que nela eu só poderia colher o que eu plantar
E por quatro anos recebi as sementes da educação
Que fizeram nascer em mim a flor da transformação

Essa flor é tão linda, é extremamente bela
Mas precisa de cuidados para crescer na primavera
Uma semente não cresce se não tiver adubação
E quando menos se espera, muitas flores brotarão
E teremos um jardim que se chama educação

O adubo de uma planta tem seus vários nutrientes
Mas precisa de amor e dedicação da gente
Assim mesmo é com o aluno que precisa ser motivado
E nele seja plantado a aprendizagem e o cuidado
E que o afeto e alegria sejam sempre uma constante
E quando surgir a primavera, aquelas flores tão belas
Sejam os melhores estudantes.

HAICAIS PARA A PRIMAVERA
Túlio Velho Barreto

após o inverno
cores e flores
a nos encantar

                                          a beijar a flor
                                    o beija-flor anuncia:
                                    primavera em poesia

o amor está no ar –
também os beija-flores
se apaixonam?

                                          avança o tempo
                                    finda a estação fria –
                                        o sol dá o tom

outra floração
é novo recomeço...
vida que segue

                                      fim da primavera –
                                      próxima estação?
                                      logo virá, verão

ATRÁS DA PORTA, DA PRISÃO, DAS GRADES
Vanderléa Cardoso

Sobre ser refugiada
E carregar um cosmo
Que pulsa e escorre

Ser refugiada e ser despida
Antes do toque, da fala
E dos sussurros de amor

Quero acreditar no amor
E gozar a liberdade da pele
Na pele, do cheiro imaterial
Que me invade

Ainda é primavera
E espero as flores brotarem
Nas pálpebras dos teus olhos
E na cabeça das coisas
Que acaricio

Se souber o nome
De todas as cabeças
Desenhe a palavra amor.

A SAGRAÇÃO DA PRIMAVERA
V. S. Teodoro

Entoemos um alto hino de louvor à sagração da primavera,
Pois jamais pensamos antes que a jornada pudesse ser tão bela
E se a nós proibido fosse descansar e contemplar sua formosura
Que haveria além da rotina nua e crua, selvagem e tão dura?

Pois se o Pai do céu castiga, também é Ele quem concede a salvação
Bem sabendo que seus filhos, solitários, caem sempre em perdição
Dos pecados nós podemos, por um instante, ao vê-la esquecer
Sempre jovem, triunfante, até capaz de fazer o morrediço renascer

Bela prima, primavera, como sempre se conserva
Tão viçosa e tão fresca, jovial e assim singela?
Compartilhe seus segredos e prometo,
para sempre, ser fiel a nosso amor
Pois jamais quero perdê-la, nunca mais,
E me extinguir em meio a dor

QUANDO REINA A PRIMAVERA
V. S. Teodoro

E as flores desabrocham novamente,
Depois de um longo retiro invernal
Onde estiveram e o que sentiram?
Alguns chegaram e outros partiram

Pois quando reina novamente a primavera,
Exibindo sua face vívida e sincera
As esperanças ressurgem neste mundo
A luz penetra e reanima o moribundo

Por isso eu canto quando ela aparece
Até o mais duro coração amolece
Enfim podemos todos sorrir
E celebrar a vida, agora e aqui

TEMPUS HIBERNUS
Viviane Viana

uma história sem passado, sem vínculos
um ponto mais além do infinito
no fluxo da passagem de um rio
de margens debruadas de verde
com a brisa a ondular por vezes
desejou ter

nesse lugar onde
não tem lugar
para a experiência cotidiana
onde a samambaia roça a tez da lua
onde a noite se abre ao sereno
e a contemplação cura
desejou viver

mas cobras mortas podem morder
até uma hora depois de mortas

restou recolher da pupila
as linhas de fuga desposadas, as vãs tentativas
de novas braçadas
e aguardar o *Primo Vere*
para reiniciar
o jogo da vida

ASSIM, CHEGA A PRIMAVERA
Yara Nolasco

Ela chega chegando, chega priorizando o sopro da cor e da vida,
animando a noite e o dia, germinando amor e alegria.

Traz nas mãos a aquarela que ilumina, renova, decora
e assim, reaviva os campos e os seres da terra.

Traz ainda uma infinita paleta de cores, aromas e poesias,
que renova e conforta a alma, espalha cantos,
alimenta o momento e o espírito do renascimento.

Assim, se achega ela.
Seja bem-vinda, prima. Entre e se aflore, querida Vera.
Venha e verás todo o bem que você nos faz!

Obrigada, linda menina.
Agradeço-te por tua inestimável obra-prima.
Aprecio-te por tuas cores e o perfume de tuas flores.

Agora, se aconchegue.
Um brinde à tua vida e ao teu encanto,
que ecoa em todo canto.

ACRÓSTICO DO CAMINHO EM FLOR

Elianes Klein

Preparar o solo para cultivar afetos é o desafio da vida
Regar o propósito na semente dos sentimentos.
Intenções de plenitude na roda da vida
Movimentos e cuidados germinam laços.
Afetividade semeada brota e faz raízes
Virtudes e valores celebram encontros em flor
Estação das flores anuncia: "É tempo de florescer."
Raio de esperança é luz a brilhar no horizonte
Alma iluminada reverbera as marcas vividas no caminho.

Este livro foi composto por letra em Verlag Light
12,0/16,0 pt e impresso em papel Pólen Natural 80g/m².